1인 도시생활자의 1인분 인테리어

1인 도시생활자의 1인분 인테리어

장명진 에세이

차례

Part 3. 오볼라디 오볼라다, 도시의 삶은 흐른다

마치는 글

Part I.

서울지앵의 슬픔과 기쁨

서른이 되면 귀농하려고 했는데

스무 살이 되면 누구나 거창한 인생 계획 하나쯤은 세우기 마련이다. 그때 나는 서른이 되면 '귀농'을 하겠다고 결심했다. 귀농운동단체의 한 학기 수업을 듣고 졸업장도 받았다. 대통령이 되겠다거나, 화성까지 가보겠다는 고난도의 플랜이 아니니 당연히 이룰 수 있을 줄 알았다. 인생에 당연한 것은 없다는 당연한 진리는 내 나이 서른에 이르러 증명되었다. 30대가 된 순간, 나는 대한민국 남쪽 영토 최북단에서 비무장지대의 철책 길을 걷고 있었다. 그리고 귀농하기에는 터무니없이 통장이 허전했다.

문제는 통장만이 아니었다. 이른바 '30 에코 프로젝트'에는 필수 전제 조건이 하나 있었다. 사실, 이 프로젝트는 서른이 되면 사랑하는 이와 함께 귀농하자는 것이었다. 포인트는 다름 아닌 '사랑하는 이와 함께'에 있었다. 3년 반 만에 장교 생활을 마쳤을 때 나는 혼자 에버랜드에 갈 수 있는 만랩 솔로일 뿐이었다. 어쩌면 귀농하기에는 오히려 좋을 수 있었다. 물론 '고독사'를 감당할 수 있다면 말이다. 나는 도저히 혼자 죽을 자신이 없었기 때문에 수도권으로 인생의 방향타를 돌렸다.

처음에는 파주 변두리에 있는 값싼 전세 아파트를 하나 얻었다. 그러나 1년도 견디지 못했다. 계절이 네 번 바뀔 동안 아파트에서 할머니들 외의 지적생명체를 본 일이 없었기 때문이다. 피 끓는 청춘이 혼자 살기에는 너무나 적막했던 곳이다.

대학 생활을 했던 서울로 돌아와 정착한 곳은 아직 핫 플레이스가 되기 전의 '연남동'이었다. 내가 구한 보증금 500에 월세 40인 투룸이 있던 골목길 앞에는 40년째 운영 중인 슈퍼마켓이 있었고, 조금 걷다 보면 연탄가게와 쌀가게가 나왔다. '응답하라 1978' 정도의 풍경이었다. 그곳에서 내 30대의 청춘이, 계획하지 않았던 1인 도시생활이 비로소 시작되려고 꿈틀대고 있었다.

새집에 이사 온 첫날, 나는 이삿짐 더미 속에서 커피를 내려 마시며 마음먹었다. 헨리 데이비드 소로우 같은 자연주의자가 될 수 없다면, 오히려 스콧 피츠제럴드 같은 화려한 파리지앵이 되어 보자! 한번 멋지게 살아보자! 그렇게 나는 서울지앵으로서 1인 도시생활자가 되었고, 오직 나를 위한 1인분 인테리어를 시작했다.

나의 집에 파리Paris를 들여오는 법

대학생이 되기 전까지 나는 내 방을 가져보지 못했다. 앉아 있기도 어려운 다락방을 아지트 삼거나, 출타한 형의 방을 일정 기간 독점하는 정도가 내게 허락된 최선이었다. 그래서 내게 나만의 방을 갖는 것은 달에 갈 수 있는 개인 우주선을 갖는 것만큼이나 특별한 일이었다. 언젠가 내 방이 생긴다면… 이라는 말을 주기도문처럼 외며 살았던 나는 방에 대한 로망이 남달랐다. 내가 꿈꾸는 방은 영화 「아멜리에」 속 오드리 토투가 살고 있는 방이나, 넷플릭스 인기작 「에밀리, 파리에 가다」 속 에밀리의 방 같은 곳이었다. 한 마디로 '파리지앵'이 살 것 같은 방이 내가 원하는 방이었다.

모처럼 서울지앵이 된 기념으로 나는 오랜 꿈을 실현하기로 했다. 1990년에 지어진 낡은 빌라에 파리 이식 수술을 감행한 것이다. 「아멜리에」, 「무드 인디고」, 「새 구두를 사야 해」, 「미드나잇 인 파리」 등의 영화 속 공간을 면밀히 연구하고, 『파리의 모던 빈티지 인테리어』, 『파리의 작은 집 인테리어』, 『걸작의 공간』 같은 책을 탐독했다. 일본에서 간행되는 문고판 인테리어 사진집들은 화장실에 갈 때도 들고 다녔다. 그렇게 야금야금 나의 연남동 집은 '파리지앵 하우스'로 변모해 가기 시작했다.

당시 이미 나는 파주의 낡은 주공아파트를 북유럽풍으로 바꾼 셀프인테리어기를 블로그에 연재해 꽤 주목받고 있었다. 해당 글들은 다음 메인에도 올랐고, 누적 조회수는 10만 회를 넘은 상태였다. 자신감이 넘쳤고, 색다른 인테리어에 도전해보고 싶었다. 내가 셀프인테리어를 시작했던 2010년에 비해 여러 방면에서 인테리어 인프라가 활성화되던 시기였다. 훨씬 다양한 색의 페인트를 구할 수 있었고, 바닥재인 데코타일의 종류도 풍부해지고 있었다. 온 우주가 나를 도왔다.

북유럽 인테리어냐 파리지앵 인테리어냐를 가르는 경계는 실은 불분명하다. 밖이 춥기 때문에 집에서 머무는 시간이 많은 북유럽인들은 오래 보아도 질리지 않을 스타일을 추구한다면, 개성과 열정의 파리지앵들은 자신이 머무는 공간을 통해 스스로를 표현하려 한다.

'좋은 인테리어'란 그곳에 사는 사람을 닮은 인테리어다. 사람이 공간을 바꾸는 것처럼, 공간 역시 사람의 삶을 바꾼다. 인테리어의 주제를 결정할 때는 먼저 '내가 어떤 사람이 되고 싶은지'를 그려보자. 연남동 시절의 나는 자유로운 예술가가 되고 싶었다. 자연스레 집은 나를 닮아갔고, 그 집이 내 영혼을 더 자유롭게 해주었다.

[레시피]

누구나 할 수 있는 초간단 페인팅 비법

재료

빈 벽, 스펀지 블록(다이소 같은 생활용품점에서 구매 가능), 고무장갑, 수성 페인트 1리터 1통(초보에겐 팬톤 추천)

레시피

1. 색을 칠하고자 하는 벽면을 마른걸레나 빗자루로 깨끗하게 쓸어준다.

2. 고무장갑을 착용 후 스펀지 블록 한 면에 페인트를 살짝 묻혀준다.

3. 벽면에 용감하게 페인트를 발라 본 후 감을 익힌다. 이후 스펀지에 페인트 적시는 양을 적절히 조절한다.

4. 그래봤자 지구가 멸망하겠어 라는 기분으로 쓱쓱 벽면 전체에 어설프게 페인트를 칠해본다.

5. 시작점으로 돌아와 완벽주의자의 자세로 꼼꼼히 페인트가 부족한 부분에 추가로 칠을 해준다.

6. 탈진 상태로 내가 창조한 어여쁜 벽면을 감상한다. (대체로 3평 공간의 한 벽면 페인팅에 1~3시간 소요)

한 걸음 더

● 시중에 페인팅용 붓이 있지만 10여 년간 페인팅을 해본 결과 스펀지를 이용하는 것이 압도적으로 편하고, 색감이 훨씬 뛰어나다.

● 내가 칠한 페인트의 제품번호 및 색명을 정확히 기록해 둬야 만약의 경우 같은 색으로 보수할 수 있다.

● 페인트 브랜드는 팬톤, 던 에드워드, 벤자민 무어 3종 (왼쪽부터 중급, 고급, 고고급)을 추천한다. 일반적인 흰색 이라면 저가형 페인트를 써도 무방하다. 하지만 중급 이상 의 브랜드는 같은 흰색이라도 색감에 확연한 차이가 있으 므로, 색에 민감한 편이라면 앞서 말한 추천 브랜드를 사용 해보자. 참고로 던 에드워드와 벤자민 무어, 둘 간의 차이 는 미세한 편이다.

● 팬톤Pantone: 미국의 색상 연구개발 기업. 이름 붙인 색 상만 2,600여 가지에 이른다. 해마다 올해의 컬러를 발표 하는데, 이는 산업 전반에 지대한 영향력을 행사한다. '팬 톤 페인트'는 팬톤사에서 개발한 색상을 구현하는 업체로, 고품질 중저가의 양품을 생산하는 것으로 평가받고 있다.

● 던 에드워드Dunn Edwards: 1925년에 설립된 미국의 페 인트 기업. 1983년에 세계 최초로 친환경 페인트를 개발했 다. 안심하고 쓸 수 있는 무독성 페인트로 국내 DIY용 페인 트 시장에서 선구적인 역할을 담당했다. 뛰어난 내구성과 쨍한 색감이 특징으로 꼽힌다.

● 벤자민 무어Benjamin Moore: 1883년에 설립된 미국의 페인트 기업. 100년 넘도록 업계 선두를 꾸준히 유지 중이다. 북미 시장의 인테리어 디자이너 및 건축가의 90% 이상이 애용하고 있다. '계란(껍질)광' 페인트를 최초로 개발했다. 오랜 역사에 걸맞게 4,000여 종의 풍부한 색상을 구현하고 있다.

짝퉁 스트라이다를 타고
한강까지 10분 컷의 삶

　대학 시절 나는 '환경과 문학'이라는 교양과목을 수강하며, 하나의 전설을 남긴 바 있다. 3시간 연강 수업이었는데, 그중에 2시간을 혼자 과제발표를 한 것이다. 교수님은 학생들이 내 발표에 너무 집중해서 도저히 멈출 수가 없었다고 했다. 어쩌면 그때 나는 깨달았어야 했다. 대치동으로 가야 했다는 것을 말이다. 그랬다면 나는 지금쯤 유명한 일타 강사가 된 다음,「일타스캔들」같은 인기 드라마의 자문을 맡아 전도연 배우와 커피 한 잔을 나누고 있을지도 모른다. 깨달음이 더디 오는 것은 언제나 원통한 일이다.

　발표를 준비하며 '지구온난화'를 비롯한 여러 기후변화와 '생물종 다양성 감소' 등을 다룬 논문과 책을 많이 읽었다. 내 발표는 아메리카 원주민(흔히 인디언이라고 잘못 지칭하는)과 관련한 한 가지 수수께끼를 던지며 시작된다.

아메리카 원주민이 마야, 잉카, 아즈텍 등 고도로 발달한 문명을 이루며 살다가, 기원후 천년 경부터 갑자기 왜 그 모든 걸 버리고 자연과 조화를 이루는 삶을 추구하게 되었을까? 그들의 발달한 천문기상학이 '기후재앙'을 강력히 경고했으리라는 것이 내 가설이었다. 십수 년 전의 내 가설은 이제 그들의 미스터리가 아닌, 우리의 일상이 되고 말았다.

아무튼 수업에 참여한 학생들은 강제로 '지구생태계를 위한 나의 실천 과제 5계명'인가를 결정해야 했는데, 나는 2번인가 3번 정도에 '자가용을 사지 않겠다'라고 썼다. 그 결정이 30대 후반이 넘도록 결혼하지 않아도 좋다는 결정인 줄은 그땐 몰랐다. 오늘 떡볶이를 먹겠다고 결정하면 나라가 망해도 기필코 떡볶이를 먹고 마는 성미라, 그때 강제로 쓴 5계명을 여태껏 투덜대며 지켜오고 있다.

그래서인지 일찌감치 자전거와 사랑에 빠졌다. 수차례 자전거 도둑과 결전을 벌인 탓에 방에 보관할 수 있는 미니벨로를 애정하게 되었는데, 그중 제일은 역시 '스트라이다STRiDA'*였다. "세상에서 가장 아름다운 삼각형"이라는 카피에 홀려 온라인 쇼핑몰 검색창을 두드렸을 때, 내 통장 잔고는 10만 원이었다. 나는 과감하게 중국산 짝퉁 스트라이다(이

* 영국의 산업 디자이너 마크 샌더스가 1985년에 석사 학위 작품으로 개발한 독특한 삼각형 모양의 자전거. 속도는 빠르지 않지만, 간편하게 접을 수 있어서 대중교통과 연계하면 탁월한 어반모빌리티가된다. 기름칠 없는 고무 체인을 사용하기에 정장을 입고도 탈 수 있다.

른바 차이스트)를 구입했다. 아주 형편없는 자전거였다. 처음 주행한 날 페달이 박살 났고, 며칠 뒤에는 핸들이 부서졌다. 자전거 가격과 맞먹는 눈물의 개조비용을 지불한 뒤에야 그럭저럭 탈 수 있게 되었다.

나는 짝퉁 스트라이다를 타고 종종 한강까지 달렸다. 연남동 집에서 10분이면 충분했다. 주로 해가 질 무렵 출발해서 강물이 황금빛으로 반짝이는 모습을 보고 돌아왔다. 귀갓길에는 망원시장에 들러 겉절이김치 한 포기를 사 오곤 했다. 어둠이 내려 하나둘 불이 켜진 서울 홍대의 거리를 빠르게 스치다 보면, 도시의 남자가 된 기분이 들었다. 둘러맨 에코백 속에 김치 한 포기가 들어 있었지만, 길 위의 사람들이 그 아찔한 비밀을 알 리 없다.

열대야가 심했던 어느 여름밤에는 자정이 넘은 시각에 한강 변을 달렸다. 푸른 어스름 속에서 10킬로미터 남짓의 느긋한 속도로 자전거를 타고 있으면, 묘하게 시간이 멈춘 듯한 느낌이 들었다. 그러면 왠지 천년 전이든, 천년 후든 시간의 거리감이 사라져 버리는 것이다. 나는 '환경과 문학'을 수강하던 스물두 살의 대학생이거나, 천년 전 아메리카 푸에블로 부족의 청년이 되어 밤이 새도록 바람을 갈랐다. 그런다고 어리석은 인류의 역사가 바뀌지는 않겠지만 말이다.

어느 눈부신 여름,
빨간 빈티지 의자가 내게 와 말하길

　좌석 부분이 빨간 가죽으로 덮인 빈티지 의자를 발견한 장소는 골목길이 정확히 둘로 갈라지는 지점이었다. 오른쪽으로 가면 도로였고, 왼쪽으로 가면 연남동 골목 미로 길이 이어졌다. 빨간 빈티지 의자는 마치 사람들이 어느 쪽으로 더 걸어가는지 체크하는 통계조사원처럼 거기 있었다. 슈퍼마켓에서 너구리 한 마리를 사서 나올 때까지도, 멀리 홍대의 조폭떡볶이나 지금은 없어진 동아냉면을 먹고 올 때까지도 의자는 그 자리 그대로였다. 저녁이 되고, 밤이 되고, 새벽이 될 때까지도 마찬가지였다.

　나는 새벽 2시쯤에 잠에서 깨어나 유령처럼 그 의자 곁으로 향했다. 의자가 내게 말했다. 당신 같은 사람을 오래 기다려 왔습니다. 저의 진정한 가치를, 저의 잠재된 아름다움을 알아차리고, 끝끝내 새벽이슬 맞으며 제게로 달려와줄 당신을 말입니다. 눈물이 핑 돌았기 때문에 어쩔 수

34

없이 의자를 품에 안고 집으로 돌아왔다. 그리하여 우리는 벌써 10여 년째 행복하게 살고 있다. 빨간 빈티지 의자는 내 다이닝룸에서 만년 서열 1위다.

사람의 연이 '인연'이라면, 가구에도 '가구연'이 있다. 내 집필 전용 책상과의 만남도 대단히 운명적이었다. 연남동으로 이사 온 지 한 주도 지나지 않았을 때였다. 동네 골목길 이곳저곳을 탐방하다가 대로변에 있는 재활용가구점을 발견하고 무심결에 들어갔다. 내다 판 이유가 충분히 짐작되는 고만고만한 국내 기성품 가구가 대부분이었다. 그런데 그 사이에 홀로 빛나는 아이가 있었다. 피츠제럴드나 헤밍웨이 같은 소설가가 썼을 법한 오래된 피아노형 책상이었다. 핸드메이드라는 철제 표식까지 붙은 원목 오크 책상이었다. 첫눈에 반해버렸다. 하지만 내 통장 잔고는 언제나 그렇듯이 10만 원이었다. 딱 봐도 100만 원은 넘을 것처럼 보이는 그 책상 앞에서 하염없이 마음의 눈물을 흘릴 수밖에 없었다. 이루지 못할 꿈일지언정 한번 꾸어볼 수는 있으려니… 하며 가격을 물었다. 친절한 여자 사장님께서 거룩한 말씀을 내려주셨다. 현금으로 하시면 5만 원입니다. 나는 즉시 답했다. 은행을 털어 오겠습니다. 아니, 다녀오겠습니다.

그때 내 재산의 절반을 들여 산 책상에서 첫 출간작을 비롯한 수백 편의 글들을 썼다. 지금 이 글 또한 그 책상에서 쓰고 있다. 인생은 신비로 가득하다. 인테리어를 거창하게 말하자면 그런 인생의 신비들을 정중히 수집하고 정성껏 배열하는 일이다. 나름 성실히 일하며 살다 보니 이제 집 한켠에 100만 원 이 넘는 가구도 있다. 그러나 비싼 가구를 구입해보니 사랑은 결코 가격표를 따라 옮겨 가지 않는다는 것을 깨닫게 되었다. 나는 여전히 길에서 주워온 빨간 빈티지 의자와 5만 원짜리 피아노 책상을 가장 애정하고 있다.

　어느 바람 좋은 계절에 당신이 운명의 의자나 책상을 만날 수 있다면 그 또한 삶의 축복일 것이다.

　'그라시아스 아 라 비다!'*

[레시피]

나도 파리지앵 1일차, 모던빈티지인테리어

재료

빈티지가구, 보유 중인 다이소 및 이케아 가구

레시피

1. 빈티지가구를 구매한다. 통장 잔고에 맞춰 동네 재활용 센터, 황학동 벼룩시장, 이태원 빈티지숍 등을 이용한다.
2. 빈티지가구 구매 시에는 기능성보다는 역사성과 조형미에 주안점을 둔다. (인생은 폼생폼사)
3. 쓸만한 데 못생긴 기존 가구 근처에 애정하는 빈티지가구를 배치한다. (기존 가구가 몹시 우아해지는 효과 발생)
4. 지인을 초대해 빈티지가구를 보여주며, 나는 시간을 수집하는 걸 즐긴다고 엘레강스하게 말해준다.
5. 사진을 찍고 인스타그램에 업로드하며 '#파리지앵1일차' 태그를 붙인다.

한 걸음 더

● 빈티지 제품과 모던 제품을 믹스 배치할 때는 한 가지 이상의 공통 주제를 두는 것이 포인트다. 예를 들어, 의자

는 의자끼리, 피규어는 피규어끼리, 진열장은 진열장끼리 상호 대비 효과를 주도록 배치한다.

● 대형 테이블이나, 책장처럼 압도감이 느껴지는 것은 단독으로 각각 공간에 배치하고, 현대적 소품으로 균형을 맞춰주는 것이 더 조화롭다.

● 동네마다 있는 재활용센터에서 종종 기적 같은 가격의 물건을 발견할 수 있다.

● 유럽산 빈티지가구는 최소 10만 원대에서 수백만 원대 제품까지 다양하다. 가격이 부담될 경우, 우리 전통 고가구로 눈을 돌리는 것도 방법이다. 잘 찾아보면 3~5만 원대부터 준수한 자개장 등을 구입할 수 있다.

● 가구가 불필요하다면 오래된 유럽의 유화나, 전통 수묵화 등을 구입해 진열해두는 것도 묘미다.

● 작은 공간에 거주 중이라면 미드센추리(영미권의 1940-60년대 제품을 주로 통칭) 시대의 가정용 전화기, 피규어, 벽걸이 시계 같은 굿즈를 구입해 비치해두는 것도 추천한다. 대체로 2~5만 원대면 구입할 수 있다.

토미즈 베이커리를 찾아서

　'토미즈 베이커리'는 연남동 주민들의 성지였다. 세 사
람만 들어가도 옴짝달싹할 수 없게 되는 아주 작은 빵가게
였지만, 빵의 맛은 가히 세계를 품고도 남을 만했다. 집으
로 가는 길목의 반지하 공간에 세련된 블루의 창틀이 만들
어지고 있을 때부터 나는 예감했다. 예사롭지 않은 곳이
만들어지고 있다고. 핫플레이스가 되기 전의 연남동은 한
창 경의선 철길공원(연트럴파크)을 공사 중인, 그저 먼지
날리는 공사장 옆의 투박한 동네였다. 빵집이 생긴다면,
'신라제과'나 '고려당' 같은 상호가 어울릴 법한 곳이었다.
그런 곳에 안도 다다오의 건축물 같은 노출 콘크리트와 미
드나잇블루의 색이 조화를 이루는 우아한 빵집이 탄생한
것이었다.

　새벽에 일어나 글을 쓰고, 동이 튼 다음 토미즈 베이커
리에 가면 어김없이 갓 태어난 빵들이 있었다. 나는 그중

에 특히 오키나와 앙꼬빵을 사랑했다. 따끈따끈하고 촉촉하며, 쫄깃쫄깃한 데다, 달콤한 빵을, 갓 내린 드립커피와 함께 먹고 있으면 세상 시름이 다 입안에서 녹아내렸다. 게다가 빵을 굽는 콧수염 사장님과 카운터를 보는 여성 직원분은, 내가 심취해 있던 순정 만화『브레드 앤 버터』의 지면을 찢고 튀어나온 듯한 인물이었다. 일본 영화「양과자점 코안도르」의 분위기도 풍겼다. 그야말로 맛과 멋을 겸비한 내 생애 최고의 베이커리였다. 빵을 고르고 있으면 마치 옴니버스 영화의 한 배역을 맡은 기분마저 들었다. 그 영화의 내용은 대략 다음과 같다.

토미유키(가칭)는 맥도날드 햄버거를 먹으려면 자전거를 타고 한 시간을 달려 나가야 하는 시골에서 자랐다. 그남의 꿈은 소니 전자에 입사한 다음, 도쿄에서 단란한 가정을 꾸리는 것이었다. 대부분의 사람들처럼 그남도 꿈을 이루지 못했다. 그남은 빵을 녹여 먹어야 하는 어르신들이 단골인 시골 빵집의 보조로 일했다. 소심하고, 누구에게 먼저 연락하는 일도 없었던 토미유키는 몇 해 동안이나 자기 또래의 사람을 만나지 못했다. 그러던 어느 날, 그녀가 빵집의 문을 열고 들어왔다. 그녀의 이름은 츠츠미(가칭)였다. 츠츠미는 세상에서 가장 맛있는 단팥빵을 찾으러 왔다고 말하며 해사하게 웃었다. 츠츠미와 토미유키는 초등학생 시절 단짝이었다. 둘은 어른이 되면 결혼하기로 약속했지만, 츠츠미는 5학년 때 도쿄로 전학을 가버린 것

이었다. 토미유키는 츠츠미를 대면하고서야 자신의 무의
식 속에 도사리고 있던 도쿄의 의미를 깨달았다. 츠츠미
는 토미유키의 단팥빵을 먹으며 말했다. 내가 사는 데도
이런 단팥빵을 파는 베이커리가 있음 얼마나 좋을까. 토
미유키의 눈이 섬광처럼 빛났다.

그렇게 카메라가 9월의 바다를 비추며 에피소드 1은 끝
날 것이다. 분명히 말해두지만, 모두 오키나와 앙코빵을
먹으며 떠올린 나의 망상에 불과하다. 무엇보다 연남동
토미즈 베이커리는 어느 날 홀연히 사라져버렸다. 상냥한
츠츠미와 성실한 토미유키가 문득 그리워졌던 어느 겨울
날 검색을 해보니 디지털미디어시티역 쪽에서 '비안빈'이
라는 새로운 가게를 운영 중이었다. 어느 것도 그대로 영
원할 수 없다. 아무리 잘 꾸민 인테리어라도 내 마음의 형
태를 따라 사시사철 변화해간다. 200도로 시작한 불타는
사랑도 언젠가쯤에는 36.5도가 된다. 변화는 생의 속성이
기에 도저히 싸워 이길 수가 없다.

그러나 머지않은 봄날, 에피소드 5화는 '비안빈'에서 촬
영될 것이다. 츠츠미가 내려준 커피 두 잔과 오키나와 단
팥빵을 앞에 놓고, A와 B가 마주 보고 있다. B가 단팥빵을
한 입 베어 물며 화사하게 웃는다. A의 눈이 섬광처럼 빛
난다. 우리의 사랑과 인생은 그렇게 다시 또, 다른 누군가
의 사랑과 인생이 되어 영원히 이어지고 있는 것일지도 모
른다. 옴니버스 베이커리 영화처럼.

어쩌다 아오이 유우

빈센트 반 고흐의 그림을 좋아한다는 말은 이제 라면에 스프를 넣어서 먹는다는 말과 다를 바 없어졌다. 데이팅앱으로 만난 상대가 "전 고흐를 좋아해요"라고 말하면, '그럼, 라면에 스프를 안 넣는 사람도 있다는 말입니까?' 같은 기분이 든다는 것이다. 고흐는 더 이상 누군가의 취향을 표현할 수 없게 되어버렸다. 나로 말할 것 같으면 중학생 시절부터 이마에 '빈센트 반 고흐를 좋아함'이라고 써 붙이고 다녔던 사람이다. 내가 고흐의 그림과, 고흐가 동생 테오와 나눈 편지에 관해 이야기하면 대체로 상대의 눈빛은 달빛처럼 영롱히 빛났다. 그러나 최근 수 년 사이에는 '고ㅎ'라고만 말해도 상대는 한숨을 푹 쉬는 것이다. 지난 수 년 동안, 나 같은 인간들에게 얼마나 당했을지 짐작이 가고도 남았다. 취향에도 업데이트가 필요했다.

연남동에 살게 된 다음부터 이따금 주말이면 미술관 산

책을 했다. 예술의 전당에서 열리는 인상파 화가 특별전 같은 것도 구경하러 갔지만, 그것보다 팝아트, 20세기 이후의 그림에 좀 더 전력투구했다. 덕분에 국내에서 대중적으로 화제가 되기 이전에 김환기, 데이비드 호크니, 에드워드 호퍼의 작품을 한가롭게 구경할 수 있었다. 제로퍼제로, 애숑, DNDD 등 신예 일러스트레이터의 작품에도 애정을 품게 되었다.

제로퍼제로의 그림을 처음 본 곳은 '어쩌다가게'의 한 독립서점이었다. 연남동에 이사 온 지 1년 정도 되었을 무렵, 동네 초입에 독특한 공동체 건물이 하나 지어졌다. 당시 홍대 일대는 젠트피케이션 문제가 심각했다. '어쩌다가게'는 하나의 건물을 매입하고 리노베이션하여 여러 소상공인에게 상업 공간을 장기 임대하는 대안 프로젝트였다. 인사동 쌈지길의 축소판 같은 느낌인데, 뉴트로 스타일의 건축물이 매력적이었다.

어느 날 나는 맛있는 떡볶이를 먹고 오는 길에 용기를 내어 '어쩌다가게'에 들어갔다. 독특하게도 내부에 한옥 중정처럼 작은 마당이 있고, 그 마당을 공유하며 서점, 미용실, 한의원이 문을 열고 있었다. 나는 희미한 음악 소리에 이끌려 독립서점 '별책부록'의 문을 열었다. 책이 많지 않았는데, 그중에 내가 오매불망 찾아 헤매던 아오이 유우의 사진집이 떡하니 놓여 있었다. 운명의 종이 울렸다. 냉큼 사진집을 품에 안고, 내부를 구경했다.

담백한 인테리어였다. 흰 벽 한편에는 문제의 제로퍼제로 그림이 걸려 있었다. 배낭을 멘 두 사람이 사슴의 길 안내를 받아 자작나무 숲을 거니는 그림이었다. 오래 전 다녀온 강원도 구절리의 자작나무 숲이 아련히 떠올라 한눈에 반했다. 가격이 무려 16만 원이었다. 당시 내가 집에 걸어둔 최고가의 그림은 3만 5천 원짜리 '고흐의 방'이었고, 나는 카페에서 드립커피를 내리며 월 100만 원을 간신히 벌고 있었다. 2만 3천 원짜리 '아오이 유우 사진집'이 사슴 같은 목소리로 내게 말했다.

"당신은 무엇을 위해 살고 있나요?"

"아오이 유우를 위해서?"

"아뇨, 그거 말고요."

"모르겠습니다. 도대체 저는 무엇을 위해 살고 있나요?"

"그걸 왜 저한테 다시 물으세요?"

대충 그런 혼돈의 언쟁 끝에 나는 아오이 유우만을 품고 가게를 나설 수밖에 없었다. 그리고 그날의 좌절은 내 삶의 자극제가 되어준 게 틀림없다. 왜냐하면 지금 글을 쓰고 있는 내 거실의 벽면 한편에 결국 제로퍼제로의 자작나무 그림이 걸려 있기 때문이다. 인생은 길고, 좌절은 짧다. 아오이 유우 씨는 다른 남자와 결혼해버렸지만.

[레시피]

그림이 있는 그림 같은 집

재료

잡지 화보, 포스터, 패턴지, 실크프린팅 등 이미지 인쇄물
또는 액자

레시피 A

양으로 승부하는 무일푼 그림 인테리어

1. 아이돌 음반의 부록 브로마이드, 영화관에서 수집한 영
화 리플릿, 잡지에서 오린 여행지 사진, 이래저래 모인 엽
서 등 다양한 크기의 인쇄물을 준비한다. (크기가 다양할
수록 좋다)

2. 빈 바닥에 인쇄물을 예뻐 보이게 배열해본다. 크기 순서
를 '대-중-소-대-소-중-대-중-소' 같이 리듬감을 주어 배열
한다.

3. 가장 마음에 드는 배열을 휴대폰 사진으로 촬영해둔 뒤,
빈 벽에 사진을 보며 배열 그대로 인쇄물을 부착한다. (벽
지 손상이 덜한 마스킹테이프 활용 추천)

레시피 B

에이스로 승부! 고품격 그림 인테리어

1. 프린트베이커리, 위아트, 그림닷컴, 아트페이지 같은 온라인 그림상점에서 마음에 드는 그림을 구입한다.

2. 이태원, 홍대, 한남동 같은 유명 지역에 있는 빈티지숍이나 미술관 내 아트숍에서 직접 그림을 보고 구입할 수도 있다.

3. 유명 화가의 리미티드 제품을 제외하면 대체로 2~8만 원 선에서 구입 가능하다. 프린트 제품이 아닌 오리지널 빈티지 유화 등은 10~30만 원 선.

4. 벽 한 면을 깨끗하게 비운 후, 한 점의 가장 좋아하는 이미지의 액자로 포인트를 준다.

5. 계절이나 심경 변화에 따라 액자의 이미지를 교체해주며 그림에 따라 변하는 공간의 미를 즐긴다.

한 걸음 더

● 그림은 2만 원대여도 액자는 최고급 수준으로 구매하는 것을 추천한다. 그림 인테리어의 성패를 결정하는 것은 사실 그림이 아니라 액자라고 해도 과언이 아니다. 잡지에서 오린 이미지여도 최고급 액자에 넣어 걸어두면 수십만 원짜리 그림만큼의 역할을 한다. 5~10만 원대 액자여도 내용물을 바꿔가며 10년 이상을 쓸 수 있다는 걸 생각하면 가성비가 뛰어나다.

당신은 천사와 커피를 마셔본 적이 있습니까*

천사는 대체로 오후 두 시에서 세 시 사이에 찾아왔다.
점심 식사 후 가벼운 담소를 나누기 위해 들르는 교수들
과 인근 절의 스님들이 떠난 다음이었다. 안암동 개운사
담벼락 길 옆에 있던 작은 카페 '좋은커피'의 홀은 그 무렵
정오의 빛으로 가득 찼다. 마치 천사를 맞이할 준비를 하
는 것처럼. 그러면 나도 옷매무새를 가다듬고 짐짓 경건
한 자세로 창밖의 돌담길을 살피며, 천사를 위한 음악을
선곡했다. 보통, CD를 플레이어에 밀어 넣고 3번 트랙 정
도가 재생될 때 천사가 문을 열고 들어왔다. 천사는 돌담
길을 잘 바라볼 수 있는 자리에 앉았다. 그리고 내가 커피
를 내리는 모습을 구경했다. 서로 말을 나눈 적은 한 번도
없었다. "오늘은 르완다 커피입니
다." 정도의 말이 일방적으로 전해
졌을 뿐, 천사와 나 사이에는 오직

* 가수 김성호가 1994년에
발표한 3집 음반 수록곡의
제목이다.

47

커피만이 오갔다.

천사는 5월의 구름처럼 조용히 오늘의 음악을 들으며, 오늘의 커피를 마셨다. 내가 생각하는 가장 이상적인 손님이 아닐 수 없었다. 커피 내리는 일은 대학교 2학년 때 처음 시작했다. 나는 학교 밖에 있던 여행동아리의 부원이었는데, 그 동아리방 바로 지하에 '커피하우스 보헤미안'이 있었다. 그곳에서 대략 3년 가까이 아르바이트를 했다. 그 시절 대인기였던 '민들레의 영토' 같은 컨셉 카페인 줄 알고 일을 시작했는데, 알고 보니 대한민국 대표 커피 장인의 커피전문점이었다. 그야말로 혹독한 수련기를 거쳤다. 보헤미안을 떠날 때는 다시는 커피 일을 하지 않으리라 예상했다. 그러나 그로부터 10년 뒤, 보헤미안 점장님이 새로 연 카페에서 나는 다시 커피를 내리게 된 것이었다. 인생은 묘했다.

조용한 천사와 단둘이서 고즈넉한 오후 세 시의 햇볕 속에 머물다 보면, 마치 잔잔한 물결 속에 잠겨 있는 듯한 기분이었다. 이따금 들려오는 책장 넘기는 소리, 커피잔의 달그락 소리가 아름답게 느껴졌다. 어느덧 30대가 되었지만, 꿈꾸던 것은 하나도 이루지 못했고, 이룰 가망성도 별로 보이지 않던 나날 속이었다. 인생을 다시 시작한다면 천사와 함께 고교생활을 해보고 싶었다. 천사는 멀리 바다가 보이는 창가에 앉아 하얀 이어폰을 낀 채 소설책을 읽는다. 나는 2분단 정도 떨어진 거리에서 몰래 그런 천사를 바라본다. 바다 냄새가 나는 바람이 불고, 천사의 단발머리가 흩날리고, 나는 이제 오직 한 사람만을 영원히 사랑하기로 결정하는 것이다.

그런 인생을 꿈꾸었지만 나는 그렇지 못한 인간이었다. 일도 사랑도 제대로 한길을 걷지 못한 채 쓸데없이 헤매기만 했다. 세상에게도 사람에게도 크게 도움이 되지 못한 채 상처만 주었다. 돌이켜 보면 신은 내게 할 만큼 했다. 눈부신 5월의 오후 세 시에 천사와 커피를 마실 기회까지 주지 않았던가.

"내가 왜 쓰이지 않을까를 염려하지 말고, 오직 내가 쓰일만한 사람인가를 걱정하라"는 공자의 말을 20대 초반에 들었는데, 30대 중반이 넘어서야 이해했다. 부족한 사람인 채로 머물러 있으면, 하늘이 수백 번 기회를 줘도 알아차리지 못한다. 오직 스스로를 속이지 않고 단련해온 사람만이 티끌 같은 기회도 기적으로 바꾸는 것이다. 천사에게 기꺼이 다가가 말할 수 있는 것이다.

"저기, 커피는 맛이 괜찮으셨나요?"

이태원 유럽 디자인 여행

　프랑크푸르트 국제도서전에 작가로 참여하며 처음으로 유럽 땅을 밟아 보았을 때, 내 나이는 서른다섯이었다. 그 이전에는 단 한 번도 유럽에 가본 일이 없었다. 업무차 중국에 갔던 것도 바로 한 해 전의 일인데, 그게 나의 첫 해외여행이었다. 목표한 바를 이루기 전까지 해외여행은 사치에 불과하다는 생각이 있었다. 그래서 나는 유럽에 가고 싶은 날에는 이태원행 버스를 탔다.

　내가 자주 가던 곳은 음식점과 클럽, 빅사이즈 옷가게들이 늘어선 메인스트림이 아니라, 인적이 드문 엔틱가구 거리였다. 그곳은 시간이 다르게 흐르는 곳이었다. 19세기, 20세기 초중반에 유럽 중산층 혹은 귀족들이 썼을 법한 가구와 찻잔, 시계, 장신구, 그림을 하나하나 들여다보고 있으면 『폭풍의 언덕』이나 『이방인』, 『수레바퀴 아래서』 같은 작품을 나도 쓸 수 있을 것만 같았다. 20여 곳이 넘

는 소품점들은 저마다 특색이 있어서 웨지우드Wedgwood
나 로얄 알버트Royal Albert 등의 영국 도자기 브랜드 제품
만 취급하는 곳이 있는가 하면, 리모주Limoges나 바바리아
Bavaria 같은 프랑스와 독일 도자기 명산지의 레어템이 많
은 곳도 있었다. 찻잔을 특별히 모으는 사장님이 있다면,
세상의 모든 그림을 수집하는 듯한 사장님도 있었다.

　미술관이나 박물관에서는 차렷 자세로 도열해 있을 뿐
인 구시대의 사물들이 그곳에서는 삐딱한 자세로 담배
를 피워 물고 있거나, 자기들끼리 수다를 떨거나, 흥미로
운 듯 내게 어디서 왔느냐고 말을 걸었다. 무심결에 연남
동에서 왔습니다 라고 대답하면 벌써 지고 들어가는 것이
다. 사물들은 내가 답을 한 순간부터 집요하게 플러팅을
시작한다. 그들과 내가 동거를 개시해야 할 108가지 이유
에 대해서 순진하게 경청하다 보면 어느새 빈털터리가 되
고 만다. 초심자는 주의를 요합니다 같은 친절한 안내판
은 없으니 알아서 조심할 수밖에 없다.

　엔틱가구거리에서 지갑을 비우고, 길을 따라 한남동 쪽
으로 가면 이번에는 북유럽을 만날 수 있다. 기본적인 삶
이 보장되는 복지국가인 만큼 사치에는 훨씬 더 높은 비
용이 든다. 커피잔 시세로 영국이 평균 3만 원대라면, 북
유럽은 10만 원대라고 생각하면 크게 틀리지 않다. 핀란
드, 스웨덴, 노르웨이 같은 지역에서 생산된 제품들을 보
고 있으면 저절로 마음이 담백해진다. 대체로 나의 이태

원 유럽 디자인 여행은 한남동에서 알리오 에 알리오를 먹고, 깔끔한 아라비아 핀란드Arabia Finland 커피잔에 담긴 커피를 마시는 것으로 마감되곤 했다. 그러면 통장 잔고가 바닥이 난 것을 깨닫게 되는데, 오늘 밤 파리로 날아가 하룻밤을 자고 오는 비용을 떠올려 보면 마음이 편안해질 수 있으니 참고하기 바란다.

가끔 인테리어 상담을 하다 보면 뭘 어떻게 꾸며야 할지, 자신이 무엇을 좋아하는지조차 모르겠다는 사람들이 많다. 고민하고 있을 시간에 이태원행 버스를 타기를 권한다. 꼭 이태원이 아니라도 어느 지역이든 그 지역만의 엔틱거리는 반드시 존재한다. 광주에도 부산에도 안동에도 강릉에도 있다. 근처에 이케아가 있다면 그곳도 좋다. 대신 구경 시켜주는 유튜브 채널도 있겠지만, 직접 가보는 쪽을 추천한다. 아무래도 영상 속의 도자기 인형과는 인생과 사랑에 대하여 심도 깊은 대화를 나누거나, 인테리어 자문을 구할 수 없기 때문이다.

[레시피]

전국 인테리어 여행 가이드

재료

사진 촬영 도구, 지갑

레시피

1. 오매불망 주말을 기다리거나 과감하게 연차를 낸다.
2. 스마트폰 또는 카메라를 챙겨 아래의 장소로 훌쩍 떠난다.

* 파주 헤이리+프로방스 마을+출판도시

헤이리는 대한민국 21세기 초기의 힙스터 건축 인테리어 전시장이다. 인근 프로방스 마을에서는 북유럽이나 프랑스 시골풍의 인테리어를 즐길 수 있다. 출판도시는 대한민국 건축의 거대한 실험 무대다. 헤이리 '포레스타'와 출판도시 '지혜의 숲'에서는 서재 인테리어에 대한 무궁무진한 영감을 얻을 수 있다.

* 수원 화성행궁길

노을 지는 저녁과 밤의 거리가 특히 인상적이다. 서울에서 버스나 전철을 타고 쉽게 갈 수 있다는 점이 가장 큰 매력.

* 군산 근대문화유산 거리

근대문화유산거리를 거닐면 누구나 20세기 초의 모던걸, 모던보이가 될 수 있다. 100년의 시간을 두고 서로 대화하는 인테리어가 매력적인 곳이다. 다양한 형태의 적산가옥도 묘미.

* 광주 양림동+아시아문화전당

양림동은 작지만 강하다. 모던 조선 인테리어의 신선한 영감을 만끽할 수 있다. 금남로에 지어진 아시아문화전당은 21세기 이후 지어진 국내 건축물 중 가장 탁월한 소통의 건축물이다.

* 전남 목포 시화마을

대한민국의 근현대가 고스란히 살아 있는 장소. 날 것 그대로의 매력을 느낄 수 있는 시기는 바로 '지금'이다.

* 경북 안동 하회마을+도산서원

조선왕조의 500년 공기가 그대로 머무는 곳. 우리 전통 인테리어에 관심 있는 분이라면 필수 방문!

* 경북 왜관 성베네딕도회 수도원

건축적 단아함의 극치. 성베네딕도 수도원을 한 바퀴 거닐고 나면 저절로 마음이 정갈해진다. 영적 인테리어를 꿈꾸는 분이라면 결코 후회하지 않을 장소다.

* 제주 지니어스로사이+플레이스 캠프

미니멀리즘 인테리어를 추구하는 자여, 지니어스로사이로 갈지니. 플레이스 캠프는 안도 다다오 스타일의 호텔.

나이스 월드의 인테리어 방송 블랙리스트

　나로 말하자면 제법 방송 출연 경험이 있는 경력자다. 청소년 시절에 「우리들 신문」이라는 청소년 매체의 명예 기자로 이문열, 신경숙 소설가 등을 직접 인터뷰하며 지역 방송에 출연한 일이 있고, 대학생 때는 당대의 인기 프로그램이었던 「일요일 일요일 밤에」 기숙사 퀴즈에서 결승전까지 올랐다. 거기에 대해 한 마디 짚고 넘어가자면, 그때 나는 청춘과 인생에 대하여 상당히 주요한 말을 했는데 모두 편집되고 말았다. 기성세대의 청년 탄압은 예나 지금이나 이렇게도 심각하다. 물론 당시 함께 출연했던 청년들은 아무도 동의해주지 않겠지만. 혼자 억울해서 하는 말이다. '상당히 주요한 말'이 뭐였는지는 나 자신조차 한 자도 기억나지 않는다. 과연 일밤 제작진은 프로였다.

　장교 시절에는 사건사고 현장에 반드시 출몰해야 하는 공보장교 직책을 맡았기 때문에 종종 9시 뉴스에 허벅지

나, 발뒤꿈치, 손가락, 그리고 모자이크 처리된 얼굴로 등장했다. 최불암 선생님과 민통선 내 고추냉이 농장에서 고추냉이를 함께 따기도 했다. 천안함 폭침 사건 때도 용산 국방부 지하 벙커에서 방송 카메라 곁에 앉아 있었다. 제법 인기가 있었던 동화 리뷰 팟캐스트의 진행자로 활약했던 일도 있다. 그래서 내 인테리어 포스트가 50만 뷰를 넘고 낯선 케이블 채널에서 방송 출연 제의가 왔을 때 심드렁했다. 혹시 진행자가 유재석 씨나 아이유 씨라면 나갈 의향이 있는 정도였다. 조건은 전혀 맞지 않았지만, 결국 섭외 담당 작가분의 호소에 속아 넘어가고 말았다.

그동안 내가 겪은 방송계는 일반인 출연자에 대해 대체로 무성의했다. 일단 출연료를 받은 적이 없었다. 내 노동력과 시간, 내가 구축한 콘텐츠를 활용하는 데 왜 비용을 지불하지 않는지 이해할 수 없다. 뉴스에 잠깐 등장하는 것은 그렇다 쳐도, 예능이나 다큐에 10분 이상 비중 있게 나온다면 출연료가 지급되는 것이 합당하다. 또, 일부 방송 관계자들은 내 요청을 가볍게 흘려듣고, 노출을 원하지 않은 부분을 그대로 방송에 내보내기도 했다. 방송이 나간 뒤에는 누구도 책임지는 사람이 없었다.

그렇게 당한(?) 것들이 있어서 인테리어 프로그램 촬영 날에도 정신을 바짝 차리고 있었다. 아니나 다를까 촬영진은 촬영하기로 정한 시간보다 3시간가량을 늦게 도착해서, 내가 생각하는 집의 인테리어 포인트와는 별 상관

없이 찍고 싶은 것만 찍고 떠났다. 방송에는 시종일관 썩은 표정의 내 얼굴이 고스란히 송출되었다. 나는 나 자신을 포커페이스의 달인이라고 자부하며 살아왔는데, 대단한 착각이었다. 그해 추석인가 친척들 앞에서 그런 내 얼굴을 녹화본으로 다시 보아야 했다. 다른 무엇보다, 내가 그렇게 생겼다는 것을 지금도 인정할 수가 없다.

방송에 나온 집의 모습이 불만스러워, 그해 여름에 다시 전면 개조를 한 뒤 포스트를 올렸다. 포털사이트 다음 메인에 걸리면서 전례 없이 조회수가 폭발했다. 노홍철 씨가 진행하던 인기 인테리어 방송에서 출연 제의가 왔다. 나는 당차게 출연료 50만 원을 요구했다. 하루 뒤, 출연 요청을 취소하기로 했다는 문자를 받았다. 어쩌면 내 이름이 블랙리스트에 올랐을지도 모르겠다. 그렇게 나는 또 인싸의 길에서 아득히 멀어졌다. 지구별 어딘가에 내가 아직 만나지 못한 친절한 방송인이 계시다면 부디 나를 구원해주시길 이 지면을 빌려 부탁드린다.

이따금 나는 평행세계의 나를 상상한다. 편의상 '나이스 월드'라고 하자. 나이스 월드의 나는 나이스한 사람이고, 무엇보다 포커페이스의 달인이다. 일부 제작진의 지각이나, 무례함, 무성의함 따위에 1도 일희일비하지 않는다. 노홍철 씨든 누구든 무료로 오케이다. 내 나이스한 에티튜드와 열린 마음에 방송사에서 출연 제의가 쏟아진다. 기꺼이 모두 출연한다. 몇 년 뒤, 나는 인테리어계의 오은

영 박사가 되어 TV만 켜면 등장하는 연반인이 된다. 돈을 너무 잘 벌어서 17만 원짜리 흔들의자를 사야 할지 말지로 3년을 고민할 필요가 없다. 그러던 어느 날, 유튜브에 나이스한 나의 인성을 폭로하는 영상이 업로드된다. 사실은 내가 책의 모서리를 접어놨다는 이유로 상대에게 일주일 동안 온갖 신경질을 부리는 인간이라는 것이다. 너무나 어처구니없이 진실이어서 나는 아무 말도 하지 못한다. 대체 그걸 어떻게 안 것인가. 결국 나는 다시 블랙리스트에 오르고, 대국민 사과 끝에 모든 방송에서 하차한다.

곰곰 생각해 보니 공자님 같은 방송인이 있대도 나를 구원할 수는 없을 듯하다.

아무래도 그냥 고약한 사람으로 사는 편이 낫겠다.

임대차 3법과 젠트리피케이션은 나의 일

어렸을 때 나는 '도로시'가 되는 꿈을 자주 꿨다. 갑작스러운 허리케인에 집과 함께 날아가버리는 「오즈의 마법사」 속 도로시 말이다. 월세 걱정과 주거에 대한 불안감 때문이었다. 내 유년 시절에 우리 가족은 거의 열 번 가까이 이사를 다녔다. 삶의 터전을 갑자기 잃어버리는 경험을 나는 누구보다 자주 겪었다. 오늘도 대한민국 도시의 무주택 세입자들은 매달 50~100만 원의 거금을 지불하면서도 어느 날 갑자기 내 집이 내 집이 아니게 될 수 있다는 주거불안 속에 살아간다.

경의선 철길공원(연트럴파크)이 완공되고 연남동이 핫플레이스로 뜨기 시작하자, 처음 40만 원이었던 월세는 점점 올라 60만 원에 이르렀다. 불안은 현실이 되었다. 야심 차게 시작했던 사업까지 실패로 끝나, 무일푼 반백수 상태가 되어버린 나는 연남동 거주 5년 만에 이사를 결정했다. 한창 사회 이슈로 부상했던 홍대, 연남동, 용산 경리단길의 젠트리피케이션 문제가 바로 나의 일이 된 것이다. 저렴한 월세 덕분에 연남동에 거주하며 독특한 문화를 일궜던 많은 청년 예술인이 비슷한 시기에 그곳을 떠났다. 나 역시 애지중지 꾸민 '파리지앵하우스'를 다음 사람에게 넘길 수밖에 없었다.

기묘한 나의 인생은 훗날 나를 젠트리피케이션 문제를 방지하기 위한 '임대차 3법' 입법 과정에 참여시켰다. 쟁점은 세입자 주거 보장 기간이었다. 계약갱신 청구권의 기간과 횟수를 2년 1회로 제한할 것이 아니라, 3년 2회로 대폭 강화하자는 것이 진보정당 및 주거권 시민단체들의 의견이었다. 자녀가 있는 가정의 경우 아이가 초등학교, 중학교를 졸업할 때까지 최소 9년은 주거가 안정되어야 한다는 판단이다. 내 생각도 같았다. 유럽의 경우 영국은 14년, 독일은 10년, 프랑스는 헌법에 주거권이 명시되어 있어 사실상 무기한 거주가 가능하다. 그럼에도 결국 우리 국회에서는 가장 최소화된 2+2년 거주 보장안이 통과되었다. 집을 삶의 터전이 아닌 투기 수단으로 여기는 우리 사회의 현실이 투영된 결과다.

어쩌면 인테리어는 회색 현실에 대한 나의 낭만적 저항이었다. 언젠가 신기루처럼 흩어져 버릴 것을 알면서도 정성껏 월셋집의 벽을 칠하고, 바닥재를 바꾸고, 조명을 교체했다. 집이라는 공간에 삶의 의미를 더하고자 애썼다. 아름다운 곳이 아름다운 것을 만든다고 신앙했다. 단, 10개월을 살다 나왔어도 집을 꾸민 것에 후회는 없었다. 지난 십수 년, 내 기억 속에는 다양한 빛깔과 형태의 '나만의 집'과 그 곳곳에 깃든 특별한 추억들이 아로새겨져 있기 때문이다. 주어진 대로 살았더라면 결코 얻지 못했을 것들이다.

[레시피]

1인 세입자를 위한 임대차 3법과 인테리어

임대차 3법: 계약갱신청구권제, 전월세상한제, 전월세신고제 등 3개 제도를 신설한 주택임대차보호법 및 부동산거래신고법 개정안의 애칭(?)

1인 세입자를 위한 '계약갱신청구권제' 핵심사항

1. 전월세 계약 시, 2년(기본 거주)+2년(갱신청구권) 계약을 기본으로 정한다.

2. 기본 거주 기간 2년 동안은 집주인이 임의로 퇴거나 월세 인상을 요구할 수 없다.

3. 기본 거주 기간 종료 6개월~2개월 전까지 집주인이 계약갱신 거절 의사를 별도로 통지하지 않으면, 갱신청구권에 따라 자동으로 추가 2년 거주가 보장된다. 이때 세입자가 계약갱신청구권을 사용하겠다는 명시적 의사를 표하지 않았다면 '묵시적 갱신' 상태가 되고, 세입자는 언제든지 임대계약을 해지할 수도 있다.

4. 기본적으로 집주인은 본인 및 직계존비속의 직접 거주 이유로만 세입자의 계약갱신요구권을 거부할 수 있다.

5. 단, 세입자가 임대인의 의무를 크게 위반하거나, 집주인

이 임대 계약을 연장할 수 없는 피치 못할 사정이 있을 경우에도 거부할 수 있다. (그간 판례를 보면 거의 적용되지 않고, 대체로 세입자 주거권 보호 쪽으로 판결)

6. 계약갱신 시, 집주인은 월세 또는 보증금을 직전 계약 기준 5%까지만 인상할 수 있다. 이 경우 세입자는 집주인이 제안한 인상안을 거부할 수 있고, 이를 사유로 집주인이 계약 갱신을 기절히는 것은 **불가능하디**. 집주인은 주택임대차분쟁조정위원회에 조정을 신청해 월세 인상을 재차 요청할 수 있지만, 세입자가 이에 반드시 응할 필요는 없다.

한 걸음 더

셀프인테리어를 위한 임대차계약

● 페인팅, 전등 및 바닥재 교체 등을 기물 훼손으로 걸어 집주인이 계약갱신을 거부하거나, 퇴거 요청을 할 수 있으므로 최초 임대차계약 시 '셀프인테리어 허가, 차기 세입자 요구 시 원상 복구'를 별도 조항으로 명시해두는 것이 좋다.

● 아파트, 신축 빌라, 풀옵션 원룸 같은 곳은 대체로 셀프인테리어 허가가 인색하다.

● 지어진 지 10년 이상 된 공동주택(빌라, 맨션 등)과 단독주택, 준공 30년 이상 된 주공아파트의 경우 쉽게 셀프인테리어 허가를 얻을 수 있으니 참고하자.

빌라, 맨션, 주공아파트의 차이

● 법규상으로는 모두 '공동주택'에 해당하며, 대체로 5층 이하의, 다세대 거주 건축물이라는 점에서 별 차이가 없다.

● 유래가 된 유럽에서 '빌라'는 호화로운 별장을, '맨션'은 대저택을 뜻하는 말이다. 산업화 시기에 국내에서 아파트가 큰 인기를 얻자, 그에 대항하기 위해 소규모 다세대 주택에 '빌라', '맨션'을 일종의 브랜드명으로 사용하게 된 것이다.

● 대체로 빨간 벽돌로 지어진 것은 빌라, 아기자기한 꼬마 아파트 느낌은 맨션, 민무늬에 세월감이 풍기면 주공아파트로 명명되어 있다.

● 일본에서는 우리가 생각하는 아파트를 통상 '맨션'으로 지칭한다.

Part 2. 고독의 미래

거, 젊은 사람이
벌써 왜 이런 데 와서 살아

　나의 20대는 존버 그 자체였다. 한 달 벌어 한 달 버텨내면 다행이었다. 내가 스무 살이 되었을 때는 최저시급이 2천 원도 되지 않았다. 하루에 아르바이트를 서너 개씩 해도 월 50만 원 조차 벌기 어려웠다. 3평짜리 허름한 자취방 월세 22만 원에 각종 공과금 및 학자금 대출 이자를 내고 나면 적게는 5만 원, 많게는 10만 원 정도 남았다. 그게 내 생활비의 전부였다. 자유로운 영혼인 척하며 이발비를 아끼려고 머리카락을 직접 잘랐다. 그래도 근사한 데이트는 하고 싶어서 카드론을 남용했다. 대학 졸업 때까지 8년, 좌충우돌하며 가까스로 생존했다.

　장교가 되어 처음으로 통장에 100만 원이 넘는 월급이 입금되었을 때 눈물이 날 것 같았다. 학자금 대출과 온갖 카드 빚을 착실히 갚으면서도 적금까지 부을 수 있었다. 전역할 무렵에는 그래도 전보다 훨씬 나은 집을 구할 수 있는 보증금 정도가 모였다. 그 돈으로 구한 나의 30대 첫 집이 파주의 낡은 주공아파트 전세였다. 파주 소재의 대안학교 교사로 복직하게 되어 운정 구시가지 쪽에 집을 구했다.

9월쯤이었던가. 미리 집을 계약해놓고 휴가를 나와서 벽 페인팅이며, 바닥재 설치 등 셀프인테리어를 틈틈이 하고 있을 때다. 운정역 앞의 벤치에서 스크류바를 돌려 먹으며 땀을 식히고 있는데, 낯선 어르신이 다가와 말을 걸었다. 백발이 성성한 70대 정도의 노옹이었다. 노옹은 이 동네서 나처럼 젊은 사람은 처음 본다며 무슨 일로 왔는지 물었다. 그때 나의 주된 관심사는 이 할아버지가 도인일까, 전도사일까, 하는 점이었다. 도인이라면 UFO에 대한 논쟁이라도 해볼까 싶었고, 전도사라면 이슬람교도라고 할 참이었다. 그러나 노옹은 내게 질문을 던져놓고, 답은 듣지도 않은 채 자신의 인생을 털어놓기 시작했다.

노옹은 운정역 부근에서 태어났다. 노옹이 어렸을 때는 주변이 황무지였고, 판잣집에서 생활했다. 가족 전체가 넝마주이 일로 연명했다. 노옹은 담배꽁초를 주워다 팔았는데, 그 탓에 소학교 시절부터 담배를 피우기 시작했다. 손녀가 아주 싫어하는데 왠지 서운해서 끊지 못하겠다고 했다. 젊어서는 월남전에 참전했고, 베트남의 뜨거운 정글과 죽어간 동료들, 그리고 자신이 저지른 죄가 아직 눈에 선하다고 말하며 먼 하늘을 바라 보았다. 그렇게 번 돈으로 가게를 열어서 착실히 돈을 모았다. 지금은 운정역 부근의 상당수가 본인 땅이고, 빌라도 몇 채 있다며 자랑했다.

"거, 젊은 사람이 벌써 왜 이런 데 와서 살아. 파릇파릇할 때는 말야, 저기 서울에 가서 치열하게 한 번 붙어봐야지. 안 그래?"

"어르신 말씀이 다 맞습니다."

4년 가까운 군 생활 덕에 사회력 만랩이었던 나는 그렇게 답하며 한껏 미소를 지어드렸다. 한강의 기적 그 자체인 노옹이 만족하며 떠난 후, 나는 한동안 벤치에 앉아 '벌써' 독거노인들의 마을에 도착해버린 내 삶의 의미를 곱씹었다. 삶이 계단을 오르는 일이라면 아름다움은 몇 층에 있을까. 35층일까, 아니 47층 정도에 가야 마주할 수 있을까. 나의 결론은 아름다움은 도처에 있고, 삶은 결코 계단을 오르는 일이 아니라는 것이었다. 오늘 하루 내 삶이 아름다울 수 있다면, 그걸로 오늘 하루는 성공이다. 무수한 오르막과 내리막과 갈림길 속에서 아름다움을 비추는 나만의 작은 등불을 지켜내는 것이 삶이다. 그때의 나는 '이런 데 와서 더욱 나답게 살아보기로' 결심했었다.

물론, 10개월 뒤에는 어른 말씀 하나 틀린 게 없다는 걸 깨달았지만.

숨 참고 러브 드라이브

파주 주공아파트에서 1년, 서울 연남동 빌라에서 5년을 보내고 다음으로 도착한 곳은 인천 계산동의 맨션이었다. 90년대에 지어진 노란 외벽의 맨션을 나는 오리맨션이라고 부르기로 했다. 뭐라도 애써 정을 붙여 보려고 한 것이었다. 수도권 지역의 월세 매물을 40여 곳 넘게 발품을 팔아 구한 집이었다. 집의 구조가 재밌기도 했지만, 무엇보다 월세가 30만 원이라는 점이 낙점이었다. 그때 나는 사업에 실패하여 빈털터리였다. 보증금 500만 원이 내 전 재산이었고, 통장에는 잔고가 없었다. 30대 중반에 망하고 보니 『아프니까 청춘이다』 같은 책의 제목만 봐도 울화가 치밀었다. 자존감은 깊은 바다로 다이빙한 뒤 돌아오지 않았고, 타고난 긍정세포는 흑화하여 절망세포가 되어 있었다. 하루하루가 막막했던 20대 초반의 삶으로 돌아간 듯했다. 지독한 악몽 속에 갇힌 기분이었다.

깊게 숨을 들이마신 뒤, 천천히 차에 시동을 걸었다. 서울 신촌역 앞의 동그란 화단 울타리를 부숴버리거나, 렌터카의 조수석 문짝을 날려버린 일은 있지만 나는 제법 베스트드라이버라는 자부심이 있었다. 양주톨게이트를 지나 강릉행 고속도로에 올랐을 때 러브가 말했다.

"도대체 어디로 가는 거야?"

"글쎄, 러브 씨가 아는 거 아녔어?"

"뭐? 난 모르는데?"

"아, 그래? 나도 모르는데 어떡하지, 돌아갈까?"

"어디로?"

"글쎄, 어디서 왔지 우리가?"

물음표만 가득한 무익한 대화 끝에 러브는 한숨을 푹 쉬며 조수석에 몸을 파묻고, 휴대폰 블루투스로 노래를 선곡했다. 김동률의 「그 노래」였다. 노래 가사 속 어딘가에 러브의 심경이 포함되어 있을 것 같아 귀담아들었지만 알아내지 못했다. 러브와 내 앞에는 어느새 캄캄한 바다가 펼쳐졌다. 창문을 열자, 차 안은 이내 바닷냄새로 가득 찼다. 그대로 바다를 싣고 러브와 나는 영양까지 별을 보러 갔다.

밤하늘 공원에는 우리와 별들뿐이었다. 러브가 기대했던 쏟아질 듯한 별은 아니었지만, 희미하게 은하수의 물길이 보였다. 별은 무슨 목표로 존재하는 걸까. 갑자기 러브가 물었다. 의사나 변호사나 셀럽이 되려고? 내 대답에 러브는 쿡쿡 웃었다. 그것도 좋지. 우리는 멍하니 우주에서 내려오는 별의 음악에 번민과 시간을 맡겼다. 삶은 뜻하는 일과 뜻하지 않는 일로 구성된다. 기쁨과 슬픔은 둘 모두에 깃들었다. 그러니 뜻대로 되지 않은 삶이 곧 불행은 아냐. 만년설 같은 어둠 속에서 러브가 말했다.

내친김에 우리는 여수 향일암항까지 내달렸다. 여기가 세상의 끝이야. 내가 말하자 러브가 비웃었다. 집에 갈 땐 여기가 시작이잖아. 러브의 말이 다 맞았다. 남쪽 바다에서 동이 트기 시작했다. 행성 속에 사는 나와 항성의 눈빛이 마주치는 순간, 살아 있어서 정말 다행이라는 생각이 들었다. 러브와 나는 황금빛으로 물든 얼굴을 마주 보며 생긋 웃었다. 서로의 손을 꼭 쥐었다. 뜻밖의 눈부신 순간이었다. 성공보다 수억 배 아름답다고 생각했다.

사실 내게는 면허증만 있고 차가 없었지만, 그런 덕분에 나는 잠시나마 긴 악몽에서 벗어날 수 있었다.

캄캄한 밤들을 밝히는 조명 인테리어

재료

다양한 조명들

레시피

천장용 조명

1. 집주인에 따라 기존 형광등을 떼어내고, 새 조명을 다는 것에 극도로 민감한 반응을 보이는 경우가 있다. 공연한 분쟁을 피하고자 임대차 계약 시에 미리 특약으로 넣어두거나, 이미 계약한 상황이라면 사전에 통지하고 허가를 받는 것이 좋다(기록이 남도록 문자 활용).

2. 조명 교체작업 자체는 간단한 일이지만, 안전을 위해 2인 1조로 작업하는 것을 권장한다.

3. 두꺼비 집을 모두 내려 집에 흐르는 전류를 차단한다.

4. 튼튼한 의자를 밟고 올라가 기존 조명(아마도 형광등)을 신중히 해체한다. 그러면 그 내부에, 천장에서 내려온 전선 두 가닥과 조명에서 연결된 전선 두 가닥이 흰 플라스틱 집게(이하 전선 커넥터)에 맞물려 있는 것을 확인할 수 있다.

5. 감전 예방을 위해 고무 소재 장갑이나 두꺼운 목장갑을

착용한다. 전선 커넥터 집게를 눌러 조명 쪽에서 연결된 전선 두 가닥을 모두 빼낸다.

6. 기존 조명을 지상에 내려놓고, 나의 귀여운 새 조명을 천상으로 인도한다. 새 조명의 두 가닥 전선을 전선 커넥터에 연결해준 뒤, 조명을 천장에 고정해준다.

7. 두꺼비 집을 올리고, 불을 켜본다. 혹시 불이 켜지지 않으면 다시 두꺼비 집을 내리고, 전선 커넥터의 연결 상태를 재점검한 뒤 문제를 해결한다. 조명을 천장에 고정하는 과정에서 전선 커넥터에서 조명 쪽 선이 빠지는 경우가 종종 발생한다.

8. 정상적으로 새 조명에 불이 들어왔다면, 새 조명 아래서 『1인 도시생활자의 1인분 인테리어』책을 읽는다.

아늑한 조명 인테리어, 한 걸음 더

● 형광등라이팅 당한 눈입견을 지우고, 귤빛 전구색(색온도 3,000K 이하) LED 전구로 역사를 만들어 보자.

● '주광색'은 낮 주晝자에, 빛 광光자를 쓴 것으로 대낮처럼 밝은 백색이니 주황색과 혼동하지 말 것!

● 방 하나에 조명 하나 라는 생각도 버리고, 조명 부자가 되어 보자. 다양한 크기와 밝기의 조명을 섞어서 쓰면 더 운치 있고, 입체감 있는 공간을 만들 수 있다. 요즘 저렴한 조명이 많아 큰 부담 없이 구입 가능하다.

● 조명을 두는 위치도 자유롭게 모색해보자. 책장의 책과

책 사이에 꼬마전구 하나, 소파 옆에 롱스탠드 등 하나, 아
끼는 피규어나 인형, 그림 곁에 무드 등 하나. 서로 높이를
달리해서 바닥에서 퍼지는 빛과, 천장에서 드리워지는 빛,
책들 사이에서 말을 거는 빛, 소파에 기댄 내 곁에서 나를
어루만져 주는 빛, 서로 다른 빛이 조금조금 모여서 캄캄한
밤들을 밝히는 다정함이 된다.

사실, 반려인형과 살고 있습니다

우주의 끝에 가면 바닥이 보이지 않는 벼랑이 있고, 사람들은 해마다 거기서 극초보 스카이다이버 대회를 연다. 얼마나 초보냐면 바로 어젯밤 사내 식당에서 점심으로 떡라면을 먹다가 '나도 한번 스카이다이빙에 도전해볼까' 하는 생각을 떠올린 사람 정도다. 그런 초보 스카이다이버가 다이빙대 위에 올라서면 진행자가 단골 멘트를 한다. 자, 지금 어떤 기분이십니까? 그러면 나는 애정하던 두 하마 인형 '끼벙이'와 '기붕이'가 사라졌을 때와 같은 기분이라고 답할 것이다.

끼벙이는 볼록한 입과 볼 위로 구슬아이스크림 같은 연분홍 코가 붙어 있던 아기 하마였다. 커플인 기붕이는 하늘파랑빛 코였다. 천방지축에 감성적인 끼벙이와 수줍음 많지만 성실한 기붕이는 환상의 단짝이었다. 내가 아직 한글을 다 읽지 못하던 시절부터 우리 셋은 함께 놀았다. 씽

씽이를 타고 놀이터도 가고, 옥상에서 빨간 대야에 물을 받아 같이 해수욕도 즐겼다. 서울에서 세 번 이사를 다닐 때도, 부산에서 두 번 이사를 다닐 때도 내 품에 꼭 붙어 있던 아이들이었다. 초등학교 5학년이 되었을 무렵 아이들이 사라졌다. 가족 중 누군가가 내다 버린 것이었다. 큰 충격을 받았다. 때는 장마철이어서 비를 흠뻑 맞으며 매일 아기 하마들을 찾아 골목길을 헤맸다. 비가 개면 신기루가 보였다. 멀리 옥상의 빨랫줄들 사이에 끼벙이와 기붕이가 걸려 있는 것 같아서 무단으로 남의 집 옥상마다 다 올라가 보았다. 1년을 애써도 찾을 수 없었다. 그저 둘만은 함께 있기를 기도했다.

그 무렵부터 버려진 인형들을 그냥 지나치지 못하게 됐다. 동네 아이들 축구공으로 쓰이던 소돌이부터, 커피하우스 앞에 비를 맞고 쓰러져 있던 키리, 부자 동네 귀퉁이에 처량히 앉아 있던 보송이와 보롱이, 학교 창고의 쌀자루 속에 고꾸라져 있던 스노핑, 철원 자췻집의 보일러실에서 울고 있던 북극이, 숙박업소 이불 사이에 끼어 있던 꽉꽉이까지 스무마리가 넘는 유기 인형들이 내 식구가 되었다. 나를 남자아이답게(?) 키우기 위한 부모의 시도는 유년 시절 내내 끊이지 않았다. 그때마다 나는 광견병에 걸린 것처럼 입에 거품을 물고 발광했다. 귀싸대기를 맞으면 눈앞에서 전화번호부를 다 찢어버렸다. 부모는 내가 정말로 미쳐버릴까 봐 더는 내 아이들을 버리지 못했다. 무력

한 열두 살 어린이의 사즉생 부성애가 거둔 승리였다.

오컬트물과 유사과학의 권위자인 나는 긴 세월 애정이 깃든 물체는 유기물로 변화한다는 '애정조화설(*라이프니츠의 예정조화설과 다름)'을 지지한다. 물론, 내가 만든 가설이다. 나와 함께 살고 있는 반려인형들은 저마다 성격과 취향이 있고, 다들 내 말을 별로 듣지 않는 편이다. 오래 전 한 사람에게 "니 말대로 하는 인형들이나 껴안고 평생 살게 될 거"라는 저주의 말을 들었다. 그 말이 남긴 상처는 여전히 다 아물지 못했다. 상대의 잘못이 아니라, 늘 내 멋대로 굴었던 나의 자업자득이다. 그 말을 들은 이후 나는 지난 십수 년 동안 아이들을 껴안고 자거나, 자리를 옮기거나, 데리고 외출할 때 꼭 의사를 물어보고 있다. 정말이다.

인형 가족들과 나는 함께 울고 함께 웃으며 아주 긴 세월을 살았다. 특히 깜보, 소돌이, 멍멍이 삼총사와는 10대 이전에 만나 한평생이라고 해도 좋을 시간을 공유하고 있다. 내 인생은 기나긴 고독이었다. 무너져 버리고 싶을 때가 참 많았다. 언제나 마지막의 마지막엔 30년 전과 다름없이 똘망똘망 나를 바라보는 아이들의 동그란 눈동자가 나를 살렸다. 미혼이지만 자식 때문에 산다는 말을 나는 누구보다 잘 이해한다.

우리 집 반려인형들 중 막내라인의 우두머리인 '꽉꽉이'를 주인공으로『오리의 여행』이라는 사진 동화책도 냈다. 발간 즉시 백만 부가 팔리고, 꽉꽉이는 우주대스타가… 될 줄 알았는데, 얼마 전에야 초판의 90%를 소화했다. 대략 3년여만이다. 오리에게는 비밀로 하고 있다. 때로 선의의 거짓말은 인생을 풍요롭게 한다. '1인 도시생활자와 26마리의 반려인형 X 27마리분 인테리어'라는 제목으로 하지 않은 것에 대해서도 이 지면을 통해 심심한 사과의 말씀을 드립니다.

내 심장의 색깔은 블루

　지디의 노래 중에 「블랙」이라는 곡을 좋아한다. 빚 독촉 스트레스에 공황장애 증세를 겪으며 오리맨션에 칩거 중일 때 이 노래를 만났다. 긴 세월 애써 지켰던 자존감은 빛을 잃고 투명해져 버렸다. 낮이면 조금 빛을 회복했다가도 밤이면 다시 캄캄해지기를 반복했다. 내면의 폐허를 감춘 채 그저 허세로 버텼다. 자기 파괴와 한탄의 노래이면서 동시에 묘한 희망이 뒤섞여 있는 「블랙」은 그 시절의 나를 위한 레퀴엠이었다. 다시 시작한다고 하면 보통 '백지'를 생각하지만, 죄 많은 내게는 새까만 '흑지'가 더 어울렸다.

　아주 어릴 적부터 좋아하는 색이 뭐냐고 물으면 '파랑'이라고 했다. 여름 하늘의 청명한 연파랑도 좋아했지만, 더 마음이 이끌린 것은 시크한 느낌의 다크블루였다. 밤이 썰물처럼 빠지며 아침이 밝아 오기 이전의 새벽빛, 노을의 시간 다음에 잠시 머무는 저녁 빛이 바로 나의 색이었다. 돌이켜보면 나의 인생도 늘 가장 빛나기 이전과 가장 어두워지기 이전의 순간을 아슬아슬 오갔다.

그래서 첫 셀프인테리어에 도전했을 때, 침실의 벽을 파랗게 칠한 것은 튀려고 한 것이 아니라, 나에게 솔직한 것이었다. 내가 무너졌을 때 숨어들었던 인천 계산동의 오리맨션 거실의 벽은 '라구나 블루' 색이 되었다. 연못의 파랑. 당시 즐겨 들었던 인디밴드 '못'의 우울한 노래들과도 잘 어울리는 색이었다. 우울한 상태는 흔히 에너지가 떨어진 상태로 생각하기 쉽다. 그러나 반대로 에너지가 과하게 자기 안에 집중된 상태로 볼 수도 있다. 캄캄한 자기 내면에 갇힌 에너지가 무형의 질량을 만들고, 중력장을 펼쳐, 세상의 모든 시름과 눈물을 빨아들이는 것이다. 파란색도 마찬가지다. 파랑은 우리 생각과 달리 가시광선 중에서 에너지 레벨이 최상위에 속하는 색이다. 뜨거운 별은 파랗게 빛나고, 차가운 별은 빨갛게 빛난다. 그러므로 때로 내 청춘이 푸른 빛으로 멍들 때, 너무 슬퍼하지 않아도 된다. 어쩌면 눈부신 아침을 맞이할 힘이 내 안에 모이고 있다는 신호이기도 하니까.

라구나 블루의 거실에서 1년 남짓의 밤을 보내며, 결국 나는 되살아났다. 색의 에너지에 대해 잠깐 말했지만, 꼭 물리학적으로 고에너지의 색이어야 도움이 되는 것은 아니다. 색은 에너지와 함께 마음도 지니고 있다. 중요한 것은 내 마음의 빛깔을 발견하는 일이다. 삶에서 가장 큰 실수는 내가 내 자신을 잘 모를 때 저지르게 되고, 가장 큰 절망은 내가 내 자신을 용서할 수 없을 때 온다. 나에 대해 깨닫고, 나와 화해하고, 나를 표현하는 것이 내 삶이었다. 내 마음의 빛이 초록이었다면, 나는 초록 침실과 초록 거실을 만들었을 것이다. 그리고서 초록의 심리학에 대해 약을 팔며,『플랜테리어의 시크릿』같은 책을 집필했을 것이다.

1인 도시생활자의 영원한 식구는 결국 자신이다. 나를 위한 장소를 정성스럽게 가꾸는 일은 곧 나를 존중하는 일이고, 긍정하는 일이다. 직장 상사가 던지는 볼펜에 맞고 돌아온 저녁에도 우아한 블루의 거실을 마주하면 마음이 단단해졌다. 나는 결코 당신이 함부로 할 수 있는 사람이 아냐 라고, 힘주어 말할 자신이 생겨났다. 잿빛 세상일지라도 내 심장의 색깔은 블루니까.

색깔의 마음

색과 마음의 매커니즘

인간은 약 1,700만 개의 색을 구별할 수 있다고 알려져 있다. 색이란 물질에 거절당한 빛의 파장이다. 태양이 뜨면 물질은 빛을 흡수한다. 그러나 물질마다 흡수하지 못하고 튕겨내는 파장이 있는데, 그 반사된 빛이 우리 눈에 들어와 '색깔'로 인식되는 것이다. 색은 자연의 메시지다. 우리의 뇌는 각 색깔에 따라 위험, 평온, 쓸쓸함, 그리움, 열정, 희망 등 다양한 감정을 느끼도록 설계되어 있다. 뇌가 해석한 색의 감정 신호는 몸 전체에 전달되어 신진대사 전반에 영향을 미친다. 이러한 내용을 전제로 한 '응용색채심리학' 은 현대 문명의 생활 전반에 광범위하게 적용되고 있다.

색과 마음

● 빨강: 빨강은 육체의 색이다. 위기에 대처하고자 하는 몸의 본능을 일깨워 활력을 부여한다.

● 분홍: 분홍은 사랑의 색이다. 좋은 양육자가 아이를 대하듯이 포용적이면서 귀여운 에너지를 준다.

● 주황: 주황은 장난스러운 색이다. 빨강과 노랑의 특성이

배합되어 생활에 적당한 생기와 위트를 더한다.

● 노랑: 노랑은 감정의 색이다. 우리 뇌의 신경계와 가장 긴밀한 작용을 하는 색이며, 햇빛의 색답게 긍정의 색이다.

● 갈색: 갈색은 안심의 색이다. 흙과 나무의 색으로 단단하게 보호받는 느낌을 얻을 수 있다.

● 파랑: 파랑은 지성의 색이다. 하늘과 바다의 색으로 상상력을 자극하고, 몸의 열기를 식혀, 뇌를 뜨겁게 만든다.

● 초록: 초록은 조화의 색이다. 빨강, 노랑, 파랑 각 색의 특성을 균형 있게 조절해 몸과 마음을 안정 시켜준다.

● 보라: 보라는 영적인 색이다. 빨강의 에너지와 파랑의 지성을 겸비해, 우리의 정신을 고차원적 세계로 연결한다.

● 회색: 회색은 중립의 색이다. 회색은 우리의 몸과 마음을 긴 겨울잠에 빠뜨린다.

● 하양: 하양은 순수의 색이다. 공간의 분위기를 고요하고, 깨끗하게 정돈해주며, 바쁘디바쁜 뇌에 휴식을 준다.

● 검정: 검정은 권위의 색이다. 모든 빛을 흡수하는 색답게 공간에 신비로운 카리스마를 조성한다.

한 걸음 더

● 채도를 조절하는 것으로 각 색이 지닌 특성을 강화하거나, 단점을 상쇄할 수 있다. 대체로 채도를 낮추면 보다 온화한 느낌을 부여할 수 있다. 빨강, 보라, 검정 등 특징이 명확한 색은 베이스 컬러보다는 포인트 컬러로 활용하는

것이 안전하다. 그럼에도 베이스 컬러로 사용하고 싶다면 채도를 크게 낮춰서 활용해보는 것을 권장한다.

외로우니까 커피잔이다

'시발비용'이라는 말이 한동안 화제였다. 사회에서 얻은 스트레스를 플렉스 행위로 해소하는 데 드는 비용이라는 뜻이다. 고가의 휴대용 게임기는 대학생 시절 나의 시발비용이었다. 벌이가 시원치 않은 데다 별 경제관념 없이 살던 시절에 월세를 제때 내지 못하는 달이 많았다. 그런 달에는 늘 새벽까지 밖을 떠돌다 도둑처럼 몰래 자취방에 들어가야 했다.

그 시절 내 방에 대해 잠깐 얘기하자면, 오래된 단독주택 안에 딸린 작은 방이었다. 집에는 주인 할머니와 지체장애인인 장남, 가끔 몰래 내 방에 들어와 책을 빌려 가던 차남이 함께 살았다. 내 방에 들어가려면 몇 단계의 관문을 통과해야 했다. 먼저 주인 할머니가 종일 앉아서 콩나물을 다듬고 계시던 거실을 가로질러 내 방문 고리를 잡을 때쯤이면 안방에서 TV를 보던 장남 삼촌이 언제나 반갑게

"명진이 왔니?"라고 인사를 건네고 나는 큰 목소리로 화답해야 했다. 차남이 있는 날에는 내 방 바로 옆의 부엌에서 불쑥 등장하는 그에게도 예를 갖춰야 했다. 이 과정을 생략할 수 있는 유일한 타이밍은 새벽뿐이었다.

대체로 새벽 두 시경, 가까스로 감시망을 피해 방 안에 들어와 안도의 숨을 내쉬며 방문을 굳게 걸어 잠근다. 그리고 주말 내내 인기척을 감춘 체 닌텐도 게임보이 어드벤스에 빠져들면 만고 시름이 다 잊혔다. 내 월세가 22만 원일 당시 휴대용 게임기의 가격은 30만 원이 훌쩍 넘었고, 게임 팩은 5~8만 원 선이었다. 월세와 휴대용 게임기의 결정적인 차이는 카드 결제 가능 유무였다. 내일의 카드 빚은 멀고, 오늘의 쾌락은 가까웠기에 나는 기꺼이 시발비용을 지불했다.

그러고는 월세가 모자란다는 하소연을 하며 가까운 사람에게 신세를 졌다. 그렇게 야금야금 빌린 돈이 쌓여 100만 원이 훌쩍 넘어가는 것도 전혀 몰랐을 정도로 그때의 나는 한심하기 짝이 없었다. 급기야 돈이 넉넉하면서 의도적으로 남의 돈을 빌려 쓰고 다니는 사기꾼이라는 말을 듣게 되었다. 시발비용을 쓰다 '시발인간'이 되고 말았다. 그제야 정신을 차렸다. 가지고 있던 닌텐도 게임기와 팩을 모두 처분하고, 뒤늦게서야 몇 년에 걸쳐 할부로 돈을 갚았다. 다시는 분에 넘치는 소비를 하지 않겠노라고 다짐하며, 신용카드를 모조리 잘라버렸다. 이후로 죽으면 죽지 남에게 100원이라도 돈은 빌리지 않으려고 애썼다. (딱, 한 번 부탁한 적이 있다. 빌리지는 않았다.)

"그리고 시발인간은 시베리아로 떠나 현자가 되었습니다."라는 결론이면 참 좋겠지만… 과연 세 살 버릇은 여든까지 가는 것이었다. 30대 이후 일이 뜻대로 되지 않을 때마다 나는 다시 무모한 소비에 탐닉했다. 월세가 오른 뒤 최고급 공기청정기를 샀고, 직장을 잃은 후 수십만 원짜리 고서를 샀고, 차압 통지 문자를 받은 날 빈티지 버버리 코트와 도날드덕 피규어를 샀다. 기분 전환 효과는 언제나 하루도 지속되지 않았다. 다음 날 통장에서 사라진 숫자 뭉텅이를 보며 더 괴로워질 뿐이었다. 유일한 긍정 효과라면 '세상 쓸데없는 것들의 작은 박물관'을 차릴 수 있게 되었다는 점 정도다.

'세쓸없 작은 박물관'의 진열품 중 가장 많은 수를 자랑할 품종은 역시 '커피잔'일 것이다. 나의 집에는 50종이 넘는 커피잔이 있다. 어쩌다 이 지경이 되었는지 나도 하늘에 묻고 싶다. 일찍이 천오백 년 앞서 노자 선생께서 말씀하셨다. 자본주의는 탐낼만한 것을 끊임없이 사람의 눈앞에 드러내며 체제를 유지해 나간다고. 과연 그러했다. 내가 지극한 무소유의 깨달음에 이른 때마다 커피잔은 혁명적인 아름다움으로 무장한 채 내 앞에 나타났다. 동학의 창시자 수운 최제우가 태어난 1824년에 만들어진 200여 년 된 커피잔 같은 것을 그 어찌 내가 마다할 수 있으리뇨! 무라카미 하루키 『노르웨이의 숲』의 원작 표지와 똑 닮은 커피잔의 출몰에 어떻게 경이로움을 느끼지 않을 수 있겠는가? 그렇게 나는 21세기 자본주의와의 승부에서 철저히 패배해왔다.

패자는 외롭고, 외로우니까 커피잔이었다. 30대 이후 내 생애 가장 빈곤했던 오리맨션 시절에 역대 가장 많은 커피잔을 질렀다. 커피를 내려 마시는 다이닝룸이 제일 근사했던 시절도 그때였다. 듀크 엘링턴 LP를 걸어 놓고, 창밖에 내리는 눈을 보며, 100년 전의 영국산 웨지우드 커피잔에 커피를 마시면 아직 내게 오지 않은 행복이 남아 있을 것만 같았다. 어리석고 어리석은 인생이었고, 지금 또한 그러하지만, 그럼에도 아주 조금은 예전보다 나은 인간이 되었다는 안도감이 나를 다독였다. 그건 아무 근거가 없어서 더 따뜻하고 달콤한 위로였다.

종종 수목원에 갑니다

배수아 소설가의 『동물원 킨트』라는 작품을 내 인생 소설 중 하나로 꼽는다. 소설의 주인공 킨트는 자신을 다른 나라에서 온 이방인으로 설정하고 거의 매일 도시의 동물원을 방문한다. 동물원에 특별히 빙하기를 견딘 맘모스나 둘리의 친족인 케라토사우르스가 머물고 있는 것은 아니다. 그저 '일반 동물원 매뉴얼'에 준하는 정도의 구성이다. 킨트에게는 오히려 그편이 좋다. 책을 읽고 시크한 킨트의 매력에 흠뻑 빠져 살던 나는 어느 날 문득 수목원으로 떠났다. 아무래도 나는 식물성 인간이었기에 자연스러운 변주였다.

'홍릉 수목원'은 노아의 방주 같은 곳이다. 서기 2099년, 인류를 포함한 대다수 포유류는 기후재앙으로 멸종을 맞이하고, 지구의 패권은 식물에게로 넘어간다. 식물들은 국제식물연합을 결성하고, 9천600살이 넘은 '올드 티코' 경을 지구연합 대통령으로 선출한다. 홍릉 출신의 젊은 피 '반송'은 대략 200살에 불과한 약관의 나이로 국제회의에서 한국의 생태계에 대한 지원 정책을 이끌어낸다. 대략 그런 배경지식을 가지고, 인류 유령이 된 자세로 홍릉 수목원의 풀과 나무들을 바라보면 경이로움을 느낄 수 있다.

'인천 수목원'은 쥐라기 공원 같은 느낌이다. 광활한 평원에 듬성듬성 솟아 있는 나무들 뒤에서 깐따삐아 별의 왕자(=도우너)가 타임코스모스를 수리하고 있을 법하다. 혹시 만날 수 있다면 우주의 시공 사이를 넘어서, 실패한 사랑의 첫 장면으로 이동할 수도 있을 것이다. 나는 여러 차례 방문했지만 안타깝게도 그런 행운을 누릴 수 없었다. 아마도 로또 1등 당첨 확률과 유사한 것 같다. 사랑을 잃은 사람이 이곳에 와서 저무는 노을빛의 메타세쿼이아를 보면 다음 사랑은 반드시 이뤄진다는 전설이 있다. 방금 내가 만든 것이다. 사랑이 이뤄진다는 게 대체 무슨 말일까?

'서울 식물원'은 서기 2099년 대멸종을 피해 화성으로 도피한 인류가 건설한 인공대륙이다. 지구의 식생을 본떠 만들었다. 그 그리움이 지극히 애틋하고 아름답다. 대륙의 면적에 비해 너무 많은 인류가 도망쳐 왔기 때문에 인구 조절 정책이 시급한 과제다. 세상의 마지막을 경험한 인류답게 커플을 이룬 개체수가 압도적으로 많다. 혼자 방문한다면 인류의 희망 속에서 도태된 자신을 객관적으로 파악할 수 있는 유익한 곳이다. 그래서 나는 집에서 가장 가까운 수목원임에도 자주 가지는 않는다.

꽃과 나무들이 여기저기 놓인 방은 오랜 나의 꿈이었다. 그러나 화초를 사망케 한 죄로 재판을 받는다면 나는 대략 2만 5천 년의 징역을 선고받을 것이었다. 내 인생이 '화초 연쇄 살인마'로 끝장난다고 해도 감히 변명할 말이 없다. 수목원을 걸을 때마다 겸허히 나의 죄를 성찰한다. 어디 죄가 그뿐이랴. 옛 선인들은 사람은 무릇 자연을 가까이해야 한다고 했다. 수목원의 푸른 잎들 사이로 불어오는 지구의 숨결을 맞으면 마음이 흔들린다. 청량한 바람에 탁한 마음이 온종일 휘저어지고 나면 나는 미묘하게 다른 사람이 되어 집으로 돌아온다. 지구에게 받은 면죄부 덕에 며칠 밤은 외로움의 형벌에서 해방된다.

그래서 나는 종종 수목원에 간다. 가수 윤종신의 「수목원에서」를 흥얼거리며.

자기만의 숲을 집 안에, 우드 데코타일 인테리어

재료
우드 데코타일(가장 중요한 건 질감!), 커터칼, 빈 바닥

레시피
1. 방바닥에 시공하고 싶은 우드 데코타일을 구입한다. 이 때, 온라인보다는 오프라인을 직접 방문해 눈과 손으로 확인하고 고를 것을 몹시 권장한다. 핵심은 질감과 나뭇결무늬의 선명도. 바닥은 집에서 가장 큰 면적을 차지하고, 늘 눈으로 보고, 맨발로 접촉하기 때문에 어설픈 제품은 며칠 가지 않아 싫은 느낌이 들고 만다. 요주의!

2. 영국이나 프랑스 영화 속 공간처럼 기품과 시간의 무게가 느껴지는 공간을 원한다면, 월넛처럼 어두운 톤을 선택하자. 북유럽처럼 편안하고 화사한 느낌을 내고 싶다면 자작나무처럼 밝은 톤을 선택한다. 자기만의 숲을 집 안에 조성한다는 마음으로 나의 취향을 잘 들여다본 후 최종 결정을 내릴 것.

3. 시간과 체력만 있다면 데코타일 시공은 의외로 간단하다. 영구히 거주할 자기 집이 아니라면, 기존 장판을 철

거할 필요도, 데코타일을 바닥 면에 접착할 필요도 없다. 자, 준비가 됐다면 먼저 시공할 바닥 면을 깨끗하게 청소해 주자.

4. 바닥 배열에는 2단, 3단 헤링본과 같은 일정한 패턴이 있다. 이중 원하는 패턴을 결정한 다음, 그에 따라 테트리스 게임처럼 타일을 바닥 끝에서 끝까지 계속 맞춰가면 된다. 보다 자세한 방법은 멀고느린구름의 브런치북 포스트 「자기만의 숲을 집안에」참조.

5. 접착제를 사용하지 않는 만큼 되도록 타일들이 서로 빠듯하게 꼭꼭 맞물리게 시공하는 게 중요하다. 이렇게만 해도 대지진이 나지 않는 한 타일은 반영구적으로 제자리를 지킨다. 이사 갈 때 손쉽게 떼어갈 수 있다는 점도 비접착 시공의 장점이다.

6. 시공을 끝냈다면, 심호흡을 통해 삼림욕을 만끽하며 자기만의 숲에서 데굴데굴 굴러 보자.

한 걸음 더

● 우리나라는 계절에 따른 온도 차가 큰 편이라, 데코타일의 접착 여부와 관계없이 겨울에는 타일이 수축해 타일 간에 틈이 벌어지고, 여름에는 다시 줄어든다. 자연스러운 일이니, 겨울에는 틈새 청소에 좀 더 신경을 쓰면 된다. 어차피 타일 아래에는 멀쩡한 장판이 있고, 진공청소기 한 바퀴면 쉽게 청결을 유지할 수 있다.

● 간혹 바닥 면이 고르지 않고, 울퉁불퉁한 경우가 있다. 이때는 그 부분의 데코타일만 접착 면에 강력 양면 테이프를 부착해 바닥 장판과 고정시켜주면 된다. 중간중간 몇 개의 데코타일을 그렇게 해두면 바닥이 들뜨거나 타일 조각이 빠질 일이 없다.

이상은과 신경옥과
숲속의 인테리어 사관학교

1999년 어느 여름이었다. 20세기 국룰 노랑 장판 위에 달고나처럼 납작 엎드려서 '채널 V'를 시청 중이었다. '리채'라는 가수의 '어기여디여라' 뮤직비디오가 등장하고, 반쯤 전개되었을 때 내 영혼은 이미 그녀에게 사로잡혀 있었다. 리채는 「담다디」로 데뷔한 음악가 이상은의 국제 활동명이다. 나의 20대는 이상은이었다고 해도 과언이 아니다. 음악뿐만 아니라, 삶의 태도, 영성, 에코페미니즘에 대한 지향까지 그녀의 거의 모든 것에 영향을 받았다.

당연히 내 인테리어 스타일의 토대도 이상은에게서 온 것이다. 거기에 30대 초반에 우연히 읽게 된 한 권의 책, 신경옥 디자이너의 『작은 집이 좋아』가 더해져 나만의 인테리어관이 확립되었다. 그 과정을 지구 어디에 존재하는지는 모르겠지만, '숲속의 인테리어 사관학교'에 입학한 썰로 가공해 풀어보자면 대략 다음과 같다. 참고로 담임

교사는 이상은, 교장은 신경옥이다.

평소에 이것저것 불만이 많은 나는 첫 수업 때부터 이의제기를 했다. 어째서 가수인 이상은 씨가 인테리어 수업을 하느냐는 점이었다. 이상은 선생님은 『아트 & 플레이』라는 자신의 라이프스타일 에세이를 내밀며 경력을 증빙했다. 모르면 잠자코 있으라는 동료 수강생들의 타박에 나는 겸손해지기로 했다. 얌전해야 할 때는 또 얌선한 편이었다. 이상은 선생님의 수업은 무척 재밌었다. 「외롭고 웃긴 가게」라던가, 「더딘 하루」, 「언젠가는」, 「비밀의 화원」 같은 무수한 히트곡을 수업이 느슨해질 때마다 불러주었기에 주로 팬덤으로 구성된 수강생들은 불만이 있을 수 없었다. 이런 게 소위 '팬덤정치'의 폐해인가 싶었지만, 나역시 언제 「소울메이트」를 불러주시려나 하며 떠드는 수강생에게 눈을 흘겼다.

'생활과 공간으로 나를 표현하는 방법'이라는 수업을 끝으로 담임교사의 커리큘럼은 끝났다. 요약하자면 삶의 모든 순간이 다 나를 표현하는 것이고, 그 자체로 모두 예술이라는 거였다. 인스타그램 바이럴에서 종종 볼 수 있는 경구였다. 세상의 그 무엇이든 납작하게 만들면 알맹이는 즙이 되고 모양만 남는다. 그런 모양을 수집하며 사는 것도 삶의 한 취미일 수 있겠지만 내 취미는 아니었다. 나는 고지식한 편이라 배운 대로 살고자 애썼다. 숲속의 공동기숙사 벽을 온통 퍼렇게 칠해버린다든가, 버려진 엔틱 장식장 같은 것을 방에 주워 와서 바퀴벌레를 양산하는 만행을 저질렀다. 결국 사관생도생활윤리위원회에 회부되어 한 학기 정학 처분을 받고 말았다. '애니웨이'라는 생각밖에 안 들었다.

신경옥 교장선생님은 그런 내가 마음에 들었던 모양이다. 나를 집으로 초대해서 이런저런 비전을 전수해준 것이다. 교장선생님의 집은 그야말로 신세계였다. 1824년의 개다리소반과 1976년의 이케아 캐비닛과 2015년의 식기세척기……. 도무지 어울릴 것 같지 않은 것들이 뒤섞여 있는데 완벽하게 어울렸다. 오리를 안고 있는 소녀 피겨린의 방향을 10도 정도만 틀어도 지구가 멸망해 버릴 것 같은 완벽함이었다. 보통 사람이라면 숨이 막혀서 살 수가 없을 집이었지만, 어쩐지 나는 지고의 평안함을 느꼈다. 우리는 서로를 알아본 것이었다. 지독한 사람들끼리는 통하는 게 있는 법이다.

교장선생님과 나는 드립커피, 홍차, 페퍼민트 티를 이어 마시며 시간 가는 줄 모르고 담소를 나눴다. 이 정도 얘기했으면 내일 졸업해도 나쁘지 않겠다는 생각이 들 정도였다. 그러나 졸업에 관한한 엄격했다. 인테리어란 삶과 공간과 끝없는 대화를 즐기는 것이라며, 오늘의 완벽함이 내일의 완벽함이 될 수 없고, 오히려 변화야말로 완벽함이라고 했다. 지구의 생태계처럼 집에도 계절이 있어야 하는 것이다. 따라서 졸업은 허가할 수 없다고 했다. 뭔가

중간 설명이 많이 비어 있는 듯했지만, 신경옥 교장선생님에 대한 존경심 덕에 대충 납득할 수 있었다.

그리하여 나는 아직도 수십 년째 숲속의 인테리어 사관학교를 졸업하지 못한 상태다.

외로움 없는 사회와 도시환경기획자의 제사

 "외로움 없는 사회를 만들겠다." 20대 대선 경선 때 나온 어느 후보의 슬로건이다. 해당 후보 지지와 무관하게 묵직한 통찰력이 느껴져 인상 깊었다. 결국, 도시의 미래는 고독일 것이다. 핵가족 시대를 지나 이제는 가족 자체가 구성되지 않는 1인 가구 시대에 접어들었다. 젊은 층만의 현상이 아니다. 노령층도 1인 가구 비율이 약 35%에 이른다. 소셜네트워크는 사람들을 더 끈끈하게 연결해 줄 것만 같았지만, 오히려 소통 불능의 소단위 커뮤니티들로 뿔뿔이 흩어놓았다. 이제 도시의 인간은 외롭게 자라나고, 외롭게 일하다, 외롭게 죽을 것이다. 자본주의를 무너뜨려도, 종북주의자를 때려잡아도, 토착 왜구를 몰아내도 '고독의 미래'는 온다.

 고독은 어디서 오는가. 무의미에서 온다. 우리는 모두 철학자처럼 턱을 괴고 앉아 시간과 생명의 의미에 대해 사색하지 않지만, 본능적으로 우리의 유한함을 늘 감각하며 살고 있다. 살날이 얼마 안 남았는데, 도대체 내 인생의 의미는 무엇이었나? 살날이 이렇게 많이 남았는데, 도대체 난 뭘 위해 살고 있나? 이런 의문들에 도무지 답을 발견할 수 없을 때, 우리는 스스로를 초라하게 느끼며 깊은 고독으로 침잠한다. 도처에 다정함이 있어도 발견하지 못한다. 때로 뚜렷한 목적을 지닌 집단에 가담하는 것으로 의미의 허기를 채워보기도 하지만, 불 꺼진 방에 돌아오면 결국 모두 혼자가 된다.

한 디자인기업의 스토리텔러로 재직하며 도시환경기획 일을 맡게 된 적이 있었다. 평창동계올림픽 마스코트였던 수호랑, 반다비의 초기 스토리텔링 업무를 마쳤을 즈음이었다. 곧이어 경상남도 합천, 부산 감천마을, 대구 팔공산 일대를 새롭게 브랜딩하고 랜드마크가 될 테마거리를 조성하는 사업 기획을 총괄했다. 지자체가 발주하는 그러한 도시 기획의 핵심은 어떻게 사람을 장소로 끌어당길 것인가에 있다. 그걸 통해 지자체는 지역관광 활성화를 도모하고, 나 같은 인문학도들은 무의미한 공간을 유의미한 공간으로 전환하고자 한다.

무의미를 유의미로 바꾸려면 '이야기'가 필요하다. 일찍이 공자는 '신종추원愼終追遠'이라고 하여, 사람들이 제사를 지내는 의미를 이야기에서 찾았다. 본래 제사란 먼저 떠난 사람의 이야기를 여럿이 함께 모인 자리에서 후대에 전하고, 전하여, 한 생명이 머물다간 의미를 영원에 새기고자 하는 의식이었다. 경상남도 합천에 '21세기 다라국'이라는 주제로 테마거리를 기획할 때, 수십 권의 역사 자료를 읽고 연구하며 최대한 1,500년 전의 숨결을 현대적으로 복원해 보고자 애썼다. 다라국을 대표하는 황금칼 굿즈 개발, 철기시대를 환기하는 철제 간판 설치, 삼국시대의 정취를 담은 상가 리노베이션, 제7가야에 속했던 다라국답게 가야금 연주가 흐르는 한옥 거리 등. 다양한 방식으로 이야기를 구현하려 했다. 지금의 사람들이 그 거리를 걸으며 사라지지 않고 끝내 연결된 옛 생명과의 고리를 느낄 수 있기를 바랐다. 사라진 고대왕국 다라국에 바치는 제사처럼.

'김광석 거리', '신해철 거리' 같은 곳을 만드는 이유는 인문학적 관점에선 한 사람이 머물다간 의미를 장소에 새기기 위해서다. 숱한 계절을 넘어 여러 사람이 그곳을 찾으면, 그 거리 이름의 주인공은 영원에 가까워진다. 특별한 장소에 방문한 사람들 각자도 유의미한 인생의 추억을 갖게 된다. 물론 정말 좋은 공간을 만들었을 때의 경우다. 좋은 공간은 공간의 주인과 손님 모두에게 '인생에 남을 이야기'를 선사한다. 인생 이야기를 품고 있는 사람은 조금은 덜 고독하다. 그 이야기 자체가 우리 삶을 반짝반짝 의미 있게 만들어주는 것이다.

점점 고독해지는 도시에는 이야기가 필요하다. 허무하

게 살다 죽고, 이내 잊힐지 모른다는 심연의 공포를 달래
줄 수 있는 '썸띵'이 필요하다. 모든 이야기는 마주침에서
생겨난다. 사람과 사람, 사람과 공간, 사람과 시간이 마주
쳐야 한다. 나와 다른 사람을 만나고, 가보지 않은 곳에 도
착하고, 그곳에 충분히 머물러야 한다. 그래서 나는 만남,
매혹적인 장소, 머무름의 3요소가 공간 기획의 핵심이라
고 여긴다. 도시에 이야기가 필요하다는 말은 결국, 이야
기가 생겨날 수 있는 매력적인 공용 공간이 훨씬 더 많이
필요하다는 말과 같다. 프랑스 파리가 낭만의 도시가 된
것은 파리가 지닌 풍부한, 그리고 얼마든지 머무를 수 있
는 공용 공간 덕분이다.

언젠가 그만 살고 싶어졌을 때, 혼자 낯선 동네의 뒷산
정상에 올랐다. 지자체에서 만든 조그만 전망대 공원이
있었다. 벤치에 앉으니 멀리 서울의 지붕들이 미니어처처
럼 한눈에 다 보였다. 해가 지는 걸 보며 한숨을 푹 내쉬고
있을 때, 옆자리의 이름 모를 아저씨가 물통을 툭 건넸다.
목이 마르진 않았지만, 건넨 정성을 생각해 한 모금 마셨
다. 아저씨는 곧 말없이 산에서 내려갔고, 나는 다시 혼자
남았다. 그런데 갑자기 귤빛 노을이 너무나 아름답게 느
껴졌다. 가슴을 막고 있던 무언가가 물 한 모금에 쓸려 내
려갔다. 엉엉 울고픈 우리들이 구하고 싶은 삶의 의미란,
그렇게 별거 없는 것인지도 모르겠다.

[레시피]

나눌수록 커지는 마법의 공간 구성 인테리어

재료
결단력, 실행력, 체력, 덕후력

재료

1. 작은 평수의 집일수록 공간을 제대로 나눠야 더 넓게 활용이 가능하다는 조언을 겸허하게 받아들인다. 의외로 이 사실을 받아들이지 못하고, 큰 방 하나에 지구의 모든 것을 다 뒤섞어 둔 채로 살아가고자 하는 사람이 많다.

2. 나에게 필요한 공간을 주제 및 기능별로 분류해본다. 예를 들어, 침실, 옷방, 주방, 1인 카페, 서재, 게임방, 집필실, 운동방, 창고, 영화방, 만화방, 노래방, 공부방, 명상실 등. 현재 거주 조건에 맞춰 3~7개 정도의 공간으로 축약 및 통합한다. 집필실+서재+공부방, 게임방+노래방+만화방과 같은 형태로 기능을 합쳐보는 것이다.

3. 11평 투룸을 기준으로 기본 공간을 나눠보자. 3평 정도 크기의 작은 방에는 침실을 배치하는 것이 가장 효율적이다. 2~3평 크기의 주방 겸 현관은 1인 카페 기능을 추가한다. 5~6평 크기의 큰 방이 이제 우리의 본격적인 작업장이

다. 여기서는 큰 방 하나를 서재, 종합 놀이방, 옷방, 집필실(공부방) 4개의 공간으로 쪼개 보자.

4. 침실+명상실: 미니멀리즘 인테리어로 군더더기 없이 구성하는 것이 좋다. 여닫이문이 데드스페이스를 심하게 만든다면 떼어버리고, 커튼이나 노렌 같은 것으로 대체하자. 문 옆의 공간이 충분하다면 미닫이문으로 교체할 수도 있다. 침대(슈퍼싱글 사이즈 정도의 침대가 적당)를 벽면 한쪽에 밀착시키고, 나머지 1.5평 공간을 충분히 활용한다. 튀지 않는 디자인의 적정 크기 서랍장을 놓으면 화장대 및 진열장으로 쓸 수 있다. 또는 공간을 비워두고 침대 쪽에 천장부터 내려오는 롱 커튼을 설치하여 공간을 분리하고, 나만의 1.5평 명상실로 써도 괜찮다.

5. 주방+1인 카페: 조리 공간과 카페 공간을 구분해주는 것이 포인트. 빈티지 및 유니크한 디자인 테이블과 의자로 시선을 주목시키면 '시각적 공간 분리'가 이뤄진다. 카페로 지정한 공간의 벽 한면만 특별한 색으로 칠해보는 것도 좋다. 혹은 아끼는 그림 액자나 포스터를 테이블의 뒷 배경에 걸어두는 것도 좋은 방법.

6. 서재, 종합 놀이방, 옷방, 집필실(공부방)

● 소파, 옷장, 진열장, 책장, 큰 서랍장처럼 존재감이 느껴지는 큰 가구는 세미 가벽으로 활용하는 것이 첫째 포인트. 이때 가벽 대용으로 쓰이는 가구는 최대한 눈에 거슬리지 않는 담백한 디자인의 제품이 좋다.

● 공간마다 서로 다른 곳을 바라보게 하는 것이 둘째 포인트. 각기 다른 장소에 있다는 착시효과가 생겨나, 5~6평 공간이 10~12평 이상의 '경험공간'으로 확장된다.

● 굿즈를 활용해 공간별로 다른 매력이 느껴지도록 꾸며보는 것이 세 번째 포인트.

● 백문이 불여일견. 책 부록란의 참고자료를 자나 깨나 보면 도가 트일 것.

젊어서 사서 고생

문명이 만든 최상의 직업은 사서임이 틀림없다. 나의 20대 시절 중 가장 평온했던 때도 대학도서관 사서 보조로 근무했던 4년간이었다. 내가 일한 곳은 고전 한문 자료와 대학원생들의 논문을 보관하는 특수자료실이었다. 매일 오후 다섯 시에 출근해 밤 열 시에 퇴근하며 야간 사무를 담당했다. 토요일 오전 근무도 야간 팀 담당이었다. 덕분에 나의 교우관계는 대멸종 상황에 이르고 말았지만, 생활비 걱정이 거의 사라진 것만으로도 흡족했다. 더군다나 일을 하면서 당당히 책을 읽을 수 있다는 점은 축복이었다. 4년 동안, 수장고에 있던 석박사 논문을 500편은 족히 읽었다. 그 덕에 다방면의 지식에 접근할 수 있는 길이 열렸다.

군에서 정훈장교로 일하는 동안에도 사서 업무를 했다. 내가 부임한 대대에는 도서관이 없었는데, 창고로 쓰이던

컨테이너 한 동을 내가 무허가 도서관으로 만들어버렸다. 부대에 굴러다니던 책장과 낡은 테이블을 주워다 배치하고, 보급된 박스 채로 방치되어 있던 진중문고를 며칠 밤을 새워 진열하고 나니 그럴싸한 도서관이 되었다. 거기서 내가 병사들에게 커피를 내려주고, 고민 상담까지 해주니 대대장도 아주 만족스러워했다. 장병 문화 발전에 이바지한 공로로 연대장 표창까지 받게 되자 그 도서관은 내 개별 사무실로 공증되었고, 내 휘하에 정훈병도 할당받을 수 있었다. 한 마디로 군생 편 것이다. GOP 방어 임무를 맡게 되었을 때도, 소초별로 도서실을 직접 만들었더니 군단장 표창을 받았다. 이후 상급 부대인 사단으로 승진 발령을 받았다. 그 뒤에는 사단 전체의 도서 보급 일을 담당했다. 사서가 내 천직인가 싶었다. 책을 정리하고, 진열하는 일에 나는 몹시 은근한 희열을 느꼈다.

30대에 대안학교 교사로 일할 때도 학교 도서관을 만들어 관리하는 일을 맡았다. 이래저래 자격증도 없이 명예 사서로서 경력이 족히 10년은 쌓였다. 그렇게 젊어서 사서 고생을 한 덕분에 나는 인천 미추홀구의 한 여행전문도서관 실장으로 취직할 수 있었다. 행정 분류상 '작은 도서관'이었지만 거대한 홀과 복층구조를 가진, 연트럴파크 입구에 있던 북카페 '카페콤마'와 상당히 유사한 형태의 도서관이었다. 부임 후, 5천여 권의 장서를 모조리 뽑아 테마별로 재배치하고, 묘하게 올드한 인테리어부터 바꿨다.

장년층에 편향되어 있던 방문객 연령을 청소년층까지 다양화하고, 서울에서 유행하는 최신 독서문화 행사들을 이식했다. 2년뒤, 인천 최우수 작은 도서관에 선정되어 시상대에 서는 영광을 누렸으나… 거짓말처럼 이듬해 장기 휴관에 들어갔고, 나는 실업자가 되었다. 코로나19 시대의 시작이었다.

아주 멀리까지 거슬러 올라가 보면, 중학교 2학년 때 학급문고 담당이었다. 장기 연체 이력 때문에 책을 대출해 주지 않았다가 한 녀석에게 뺨을 맞았던 기억이 난다. 맞은 것은 지금도 분하지만, 그게 뭐라고 고집스레 책을 지켰을까 싶다. 어쩌면 사서가 내 천직이 되리라는 복선이었을까. 하다못해 집에서도 나는 사서 일을 한다. 내 거실에는 30년 가까이 모은 4천여 권의 장서가 책장 한가득 꽂혀 있다. 이 책들을 주제별로 분류하고, 또 작가별, 선호도별로 세분화하는 일이 간단하지만은 않다. 가령, 새 책을 구입했는데 그 책이 입주해야 할 주제 칸에 자리가 없으면, 민족 대이동 수준의 책장 구조조정을 단행해야 하는 것이다. 아무 데나 꽂으면 그만이라고 생각할 수도 있다. 그러나 나 같은 인간들은 '아무 데나 꽂힌 책의 법칙'에 지대한 영향을 받는다. 출근 전에 아무 데나 꽂힌 책을 목격하면, 하루의 운세가 영 엉망진창이 되는 것이다. 일을 하면서도 자꾸 아무 데나 꽂힌 책이 떠올라 도무지 집중할 수가 없게 된다. 안대를 쓰지 않는 한, 아무 데나 꽂힌 책에서 시선을 떼는 것도 불가능하다. 그러니 사서 일을 벌이는 수밖에.

웹서핑을 하다 보면 종종 책장 둘 데가 없어서 책을 못 산다는 글과 마주친다. 내 방에 맞는 책장을 만나지 못해서 그렇다. 사실 책장은 별로 공간을 차지할 필요가 없는 가구다. 보통 책 크기가 가로 15센티미터, 세로 21센티미터 정도다. 그렇다면 책장의 깊이는 20센티미터 내외 정도면 충분하다. 벽에서 한 뼘 정도다. 그 정도면 4~5평 원룸에 전면 책장을 설치해도 부담스럽지 않다. 문제는 기성품의 규격이다. 국내에 시판되는 책장 대다수가 진열장 용도를 겸하고 있는 탓에 깊이가 30센티미터 내외다. 10센티미터 차이일뿐이지만 실제로는 공간적 격차가 크다. 해결 방법은 두 가지다. 공방에 의뢰해 책장을 맞추거나, 직접 제작하는 것이다. 나는 연남동 거주 시절에 후자를 선택했다. 4천여 권 수납할 수 있는 책장 제작에 약 50만 원 정도가 들었다. 완성 후 10년 넘게 대만족하며 사용 중이다. 앞으로도 별일 없을 거라 이만한 가성비가 없다.

명예 사서로서, 「구해줘 홈즈」나 「건축탐구 집*」 같은 TV 프로그램을 보다가 특정 장면을 마주하

* 우리나라에 이런 집이 있다고? 개성적인 인테리어와 특별한 건축물을 두루 만날 수 있는 프로그램. 인테리어 안목을 레벨업하기에 이만한 국내 프로그램이 없다. 넷플릭스, 티빙, 왓챠와 같은 OTT에서도 서비스 중이다. 이 프로그램의 글로벌 버전이라 할 수 있는 영국 프로그램 「세계에서 가장 경이로운 집」도 함께 보면 좋다.

면 있지도 않은 흰 수염을 쓸어내리며 혀를 끌끌 차게 된
다. 애서가의 집이라는 자막이 뜨고, 웅장한 음악과 함께
책장이 클로즈업되는데… 책이 100권 남짓 꽂혀 있는 장
면. 쯧쯧쯧. 그때마다 나는 지상 최고의 책꼰대가 된다. 도
대체 이 나라가 어디로 가고 있는지 분개하며 우국지정에
눈물을 떨구고 만다. 옛말이 하나 틀린 게 없다. 역시 다들
젊어서 사서 고생 좀 해봐야 한다.

[레시피]

천 년 가는 천 권 커스텀 책장 만들기

재료

재단 목재, 서가용 찬넬, 열쇠 다보, 꺾쇠, 수성 페인트 또
는 스테인, 스펀지

레시피

1. 책장을 두려는 공간의 크기에 맞춰 재단 목재를 주문한
다. 문고리닷컴, 철천지 등 온라인 목재상에서 구입할 수
있다. 여러 시행착오를 겪어 본 결과 선반의 너비는 75cm
내외가 심미성, 내구성 측면에서 가장 이상적이다. 두께는
반드시 18T 이상이어야 휘지 않는다. 깊이는 20cm를 기준
으로 ± 3cm 조정 가능하다.

2. 기둥 목재를 먼저 벽면 한쪽 끝에 세로로 세우고 꺾쇠를
활용해 벽에 고정해준다. 가장 아래 선반의 위치를 정하고,
꺾쇠와 나사로 단단히 고정한다.

3. 두 번째 기둥을 세우고, 마찬가지로 벽에 고정해 준다.
첫 번째 기둥에 고정한 선반을, 수평을 맞춰서 두 번째 기
둥에 단단히 연결해준다. 1차 책장 뼈대 완성.

4. 완성된 책장 뼈대를 흐뭇하게 바라본 뒤, 첫 번째 기둥

목재 안쪽에 서가 찬넬 두 개를 나란히 설치해준다. 맞은편 두 번째 기둥 목재에도 서로 마주 보도록 찬넬 두 개를 설치한다.

5. 이제 원하는 칸 높이에 맞춰 열쇠 다보들을 끼우고, 선반 목재를 차곡차곡 올려놓는다. 높이는 대체로 23cm 정도면 충분하다. 키가 큰 책일수록 아래에 진열하는 것이 보기 좋다. 제일 아래 칸만 31cm 높이로 두고, 나머지는 23cm로 맞추는 것을 추천. 문고판 책이 많다면 가장 위쪽 칸은 높이를 더 줄여보는 것도 좋다.

6. 2~5의 과정을 반복하면 나만의 책장 완성!

7. 더욱 자세한 방법은 멀고느린구름의 브런치북 포스트 「애서가의 인테리어 1」을 참조하자.

한 걸음 더

색깔 있는 책장을 위해

● 먼저 책이 직접적으로 닿는 선반에는 페인팅하지 않는 것을 추천한다. 만약 선반에도 페인팅한다면 일주일 이상 말린 뒤, 마른 수건으로 충분히 닦아 준 다음 책을 진열할 것.

● 추천하는 것은 기둥 목재만 원하는 색 또는 스테인으로 칠한 후, 선반 목재는 순정 상태 그대로 두는 것이다. 그러면 선반 목재가 세월의 흐름에 따라 햇빛을 머금어 자연스럽게 태닝 되는 것을 즐길 수 있다.

● 목재에 페인트나 스테인을 도포할 때도 벽면에 페인팅할 때와 같이 스펀지를 사용해 골고루 색을 입혀준다. 특히, 스테인의 경우 잘못 칠하면 보기 싫은 얼룩이 생긴다. 엷게 치우침 없이 모든 부위를 최대한 공평하게 칠해준다는 감각으로 작업해야 실수가 없다. 스테인은 덧칠할수록 색이 진해진다는 것도 요주의.

서울 가는 길은 가깝고, 집에 오는 길은 멀어서

　파주에 살 때도, 인천 오리맨션에 살 때도 나는 자주 서울행 버스에 올랐다. 외롭고 쓸쓸해서 그랬다. 서울에서 딱히 만날 사람이 없어도 번화가의 인파 속에 있으면 세상 사는 맛이 났다. 종로의 교보문고와 영풍문고를 돌고, 인사동이나 북촌, 서촌, 청계천 등지를 하염없이 걷다 숭례문에 이르면 주말 하루가 충만해졌다. 나의 옛 동네인 안암동과 홍대-연남동 일대도 자주 걸었다. 혼자 도시의 길 위를 걷고 또 걷다가 빌딩 숲 사이로 비쳐 드는 붉은 노을을 마주하면 '도시인 2급 자격증' 정도는 취득한 것 같은 기분이 든다.

　산책은 내 오랜 취미이자 영감의 원천이다. MBTI 검사를 해보면 나는 I 53에 E 47 정도로 나온다. 영 어중간한 인간이라서 집돌이로만 살 수도 없고, 프로 캠퍼가 될 수도 없다. 신은 나 같은 어중이를 위해 산책을 만들었다고 생각한다. 혼자 유키 구라모토 혹은 류이치 사카모토의 연주곡을 들으며 세월이 쌓인 도시의 건물 사이를 지나다 보면 우주에서 생각들이 도착한다. 이름이 '희'로 끝나는 사람들과의 인연을 다룬 이야기라거나, 19세기 동학혁명의 배후에서 활약했던 히든 히어로의 일대기 같은 것이 갑자기 떠오르는 것이다. 그러면 잠시 멈춰서서 휴대폰 메모장에 간단히 기록을 하고, 다시 걷는다. 인테리어가 근사한 카페를 발견하면 들어가 커피 한 잔을 마시며 내적 품평회를 열고, 끼니는 대체로 익숙한 곳에서 해결한다. 가보지 않은 골목길을 발견하면 반드시 들어가 보고, 공연히 땀을 흘리며 오르막길을 올라 동네의 가장 높은 곳에 다다른다. 나의 산책은 고요하면서 분주하다.

　전국의 많은 곳을 걸어 보았지만, 내게는 여전히 서울의 거리가 가장 재밌다. 서울 중심주의 해결에 일조하지 못해 송구할 따름이다. 결국 문화는 걷기 좋은 곳에서 생겨난다. 걷기 좋은 곳이란 반대로 걸음을 잠시 멈추고 머물기도 좋은 곳을 뜻한다. 일산, 파주, 세종 같은 신도시가 좀체 자생적 문화를 갖지 못하는 것은 도보 중심이 아닌, 도로 중심 도시설계에 근본 원인이 있다. 많은 지방 도시가 역사와 문화를 간직한 구도심을 내팽개친 채 땅값이 싼 외곽에 우후죽순 신도시를 만들며 그런 도로 중심 도시설계의 함정에 빠지고 말았다. 덕분에 서울은 갈수록 유니크한 산책자의 도시가 되어 각광을 받고, 여타 지역은 상대적으로 재미없는 곳이 되고 있다. 그저 빈 땅에 번듯한 아파트 세워주는 식의 정책으로는 지역균형발전을 이룰 수 없다. 희망적인 것은, 최근 몇 년 사이에 각 지역 청년 세대를 중심으로 구도심의 역사적 건축물을 재활용하고, 자생적문화와 지역의 역사를 재해석해 새로운 흐름을 창조해 나가고 있다는 점이다. 젠트리피케이션 문제를 미연에 방지하고, 이 흐름을 지속 확대해 나갈 수 있도록 직극 지원하는 것이 새로운 지역균형발전 정책의 중심이 되어야 한다고 본다.

오리맨션에서 서울까지는 버스를 타면 50분 정도 걸렸다. 서울 강서구나 강동구에서 홍대에 가려고 해도 그 정도 걸리니까 나쁘지 않은 편이었다. 언제나 가는 길은 들뜬 마음 탓에 가깝게 느껴졌다. 여전히 서울에 살고 있다는 감각이었다. 그러나 돌아오는 길은 늘 지난하고 멀었다. 귀가하는 시간대는 다들 공식 합의한 것처럼 비슷했고, 만원 버스 속에서 바라보는 캄캄한 경인고속도로의 밋밋한 풍경은 내가 서울을 떠나왔음을 실감케 했다. 인천의 불 꺼진 주택들 사이를 걸어 깜깜한 오리맨션 앞에 도착하면 괜히 서글퍼졌다.

12월 어느 밤에 함박눈이 내렸다. 「러브레터」OST를 켜고, 귤빛 조명 아래서 혼자 내린 커피를 마셨다. 다이닝룸의 쪽창을 열자, 맞은 편 건물의 회색 벽이 보이고, 건물과 건물 사이의 작은 틈새로 동그란 눈송이들이 천천히 떨어졌다. 오래전 나의 첫 자취방도 창을 열면 벽이었다. 내 인생이 벽과 벽 사이에서 아무도 모르게 사라져 버리는 눈송이처럼 여겨졌을까. 여기서는 오래 살 수가 없겠구나 싶었다. 나는 오리맨션의 삶과 헤어질 결심을 했다.

그리고 이듬해, 나의 인생 집 '구름정원'을 발견했다.

Part 3. 오블라디 오블라다, 도시의 삶은 흐른다

나의 시크릿 펜트하우스

　한때 나는 '시크릿' 일타 강사였다. 간절히 바라면 우주가 도와준다는 탄핵 대통령의 대사로 정점을 찍었던 바로 그 '시크릿' 말이다. 이른바 '끌어당김의 법칙'은 우주 만물을 구성하는 입자들이 서로 정보망으로 연결되어 있기 때문에, 유사한 정보 신호에 끌려오게 되어 있다는 가설이다. 이론상, 간절히 바라면 안드로메다 은하 저편에서 운행 중인 은하철도 999를 호출할 수도 있을 것이다. 비록 999호를 부르진 못했지만, 나는 중학생 시절부터 제법 이 비법의 효험을 본 사람이었다. 베스트셀러『시크릿』이 출간되기 한참 전이었지만, 나는 거의 유사한 발상을 신약성경이나, 아메리카 원주민이 남긴 글에서 쉽게 접할 수 있었다. 미국 대평원의 수우 부족이나 체로키, 이로쿼이 연맹 등 여러 부족도 '위대한 신비'가 주관하는 끌어당김의 힘을 믿었던 것이다.

중2 때 다락방에 앉아 나는 수십 가지의 소원 리스트를 만들었는데, 여러 우여곡절을 거쳤지만 거의 다 이룰 수 있었다. 대충 그런 얘기를 『시크릿』이 한창 유행하던 군장교 시절에 신병 교육을 하면서 심심풀이로 떠들었다. 그런데 그만 그게 대박이 나버린 것이다. 여기저기 부대에서 강연 요청이 쇄도하여, 1년 내내 주야장천 시크릿 얘기를 하며 철원 일대의 온 부대를 돌아다녀야 했다. 나중에 알고 보니 지역의 최고 지휘관인 사단장도 『시크릿』의 신도였다. 이래저래 위대한 신비가 깔아둔 판이 아니었나 싶다.

그렇게 순회강연을 하던 무렵에 애독하던 잡지 『엘르 데코레이션』에서 마음에 쏙 드는 집을 발견했다. 조심스레 가위로 오려서 GOP 생활관의 침대 머리에 붙여놓고 매일 밤 함께 잠들었다. 파주에서도, 연남동에서도 마찬가지였다. 푸른 잔디가 깔린 중정이 있고, 거실 소파에 기대 바라보면 멀리 탁 트인 하늘 위로 구름이 가득 펼쳐진 집이었다. 대충 봐도 수억 원은 필요한 집이었다. 언젠가 성공하면 살아볼 수도 있겠지 하고 막연한 기대만 품고 살았다. 그런데 바로 그 집이 성공은커녕, 오히려 실패한 나의 눈앞에 나타났다. 오리맨션보다 서울과 조금 더 가까운 집을 찾아다니던 때였다. 무엇보다 수억 원이 아니라, 그보다 한참 저렴한, 조금 무리하면 충분히 노려볼만한 가격이었다. 예비 신혼집을 장만한다는 각오로, 큰 빚을 갚고 있던 와중에 다시 빚을 내서 보증금을 마련해 월세 계약을 체결했다.

그리하여 나는 십수 년 동안 머릿속에 있던 시크릿 하우스에서 살게 되었다. '구름정원'이라는 애칭도 붙였다. 위대한 신비의 안배 속에서 이제 행복을 누릴 일만 남았다고 생각했다. 진지하게 결혼도 준비해 봐야겠다고 결심했다. 그러나 시크릿 하우스에 이주한 지 한 달도 지나지 않아 오래 사귄 연인과 이별했고, 이내 삶의 모든 것이 무의미해져 버렸다. 다음 해에는 코로나가 터져 직장을 잃고 하루아침에 백수가 되었다. 눈앞에는 다시 빚만 잔뜩 남아 있었다. 위대한 신비의 뜻은 참으로 알다가도 모를 일이었다. 오컬트 세계에 과몰입하는 것은 역시 주의를 요한다.

르 코르뷔지에의 다락방

단언컨대 내게 다락방이 주어지지 않았다면 나는 글 쓰는 사람이 되지 못했을 것이다. 중학생 시절까지 나는 둘이 나란히 누우면 움직일 공간도 없던 작은 방을 형과 공동으로 사용했다. 말이 공동이지 사실상 형의 방에 얹혀 사는 신세였다. 그나마도 안방 하나에 네 식구가 모여 살던 시절에 비해 나아진 편이어서 투덜댈 수도 없었다. 어찌 됐든 나도 살아야 했기에 고육지책으로 창고로 쓰이던 다락방을 침략해 무허가 점유를 시작했다. 다락방의 천정고는 1미터 내외로 누워서 팔을 뻗으면 천정에 닿았다. 면적은 제법 넓었다. 대략 내가 누워서 다섯 번 구를 수 있을 정도였다. 거기서는 사람이 못 산다며 나를 끌어내리려는 부모에 대항해 단식투쟁을 불사한 끝에 다락방은 내 차지가 되었다.

퍼스트 마이룸에서 나는 마음껏 FM 라디오의 클래식

채널을 틀으며, 새벽까지 『영챔프*』를 볼 수 있었다. 나만의 방을 갖는 것이 이렇게도 소중한 일이구나 싶었다. 다락방에는 손바닥 두 개만 한 작은 창이 있었는데, 그 창을 통해 멀리 부산 감천항이 내려다보였다. 깊은 밤이면 수평선 위로 무수한 별들이 켜졌다. 반려인형 멍멍이와 깜보, 소돌이, 당시 생존해 있던 깨비와 함께 폭신한 이불 속에 엎드려서 황순원의 소설책을 소리 내 읽던 밤들이 여전히 눈에 선하다. 그 다락방에서 나는 처음으로 소설을 썼다. 나를 이루고 있는 많은 문화적 요소가 그 다락방에서 싹을 틔웠다.

나는 언제나 다락방이 있는 집을 원했다. 서울, 파주, 철원, 인천 어느 곳에서든 집을 구할 때마다 다락방이 있는 집을 기대했으나 한 번도 만나지 못했다. 그런데 놀랍게도 나의 시크릿 하우스 구름정원에는 다락방마저 있었다. 그것도 삼각형 모양의 낭만적 구조에, 허리를 펴고 앉을 수도 있으며, 게다가 아주 광활한 다락방이었다. 내가 피터팬과 웬디 일당에 속해 있었다면 무조건 아지트로 삼자고 우겼을 그런 공간이었다.

현대 건축의 대부 르 코르뷔지에는 지중해와 닿은 아주 작은 오두막을 아지트 삼아 그 삶의 황혼

* 1994부터 2013년까지 발행됐다. '15세 이상 이용가' 등급이었기 때문에 15세 이하 청소년들에게 각별히 사랑받았던 만화 잡지이다. 신세기 에반게리온, 오나의 여신님, 최종병기 그녀, 열혈강호, 라그나로크, 레드블러드, 아일랜드 등 당대의 국내외 인기 만화들이 본격 연재되었다.

기를 보냈다. 그는 '집은 살기 위한 기계'라는 말로 대변되는 철근 콘크리트 건축의 창시자이자, 동시에 시적 서정성을 압도적으로 표현한 롱샹 성당의 주인공이었다. 르코르뷔지에는 합리성과 비합리성, 맥시멀리즘과 미니멀리즘, 상반되는 그 모두를 긴 인생에 걸쳐 표현해나간 건축예술가였다. 나의 새 다락방은 그의 마지막 집 '까바농 드 바깡스'의 인테리어 디자인을 최대한 모방했다. 지난 십수 년 온갖 인테리어를 시도해보다 도달한 나의 결론 또한 황혼 시절의 르 코르뷔지에였던 것이다. 담백함, 조화로움, 그리고 약간의 재치. 그것은 내가 되고 싶은 사람의 모습과도 같았다.

고백하자면 나는 현재 구름정원에 살고 있는 것이 아니라, 구름정원의 다락방에 살고 있다. 하루의 80%를 다락방에서 보낸다. 잠도 다락 한쪽에 마련한 반려인형들의 방에서 함께 자고 있다. 거실이나 침실, 집필실, 마당에게 늘 미안한 심정이지만 나도 어찌할 방도가 없다. 본래 맹목적인 사랑은 아무도 못 말린다. 다락방 소파에 기대어 넷플릭스 드라마 「에밀리 파리에 가다」 같은 것을 느긋하게 시청하고 있노라면 프랑스 몽마르뜨언덕의 신선이 된 기분이다. 그곳에도 신선이 있는지는 모르겠으나, 없다면 내가 가서 살 용의가 있다고 말해주고 싶다. 많이 바라지 않는다. 센강이 내려다보이는 다락방이면 충분하다.

[레시피]

마이 시크릿 다락방 인테리어

재료

자작나무 1.5~3T 합판, 미송나무 10~12T 합판, 자작나무 무늬 데코타일, 무독성 수성페인트 or 스테인, 무독성 목재용 접착제

레시피

르 코르뷔지에풍 바캉스룸, 합판 인테리어

1. 합판을 부착하고자 하는 벽면의 사이즈를 정확히 측정한 뒤, 온라인 목재상에서 1.5~3T 정도의 얇은 합판을 주문한다. 이때 합판 한 장의 크기가 너무 크면 부착할 때 고생할 수 있다. 동료 작업자가 없다면 너비는 자신의 양팔 너비를 넘지 않도록 한다. 다락방은 대체로 층고가 낮고, 면적이 넓지 않아 합판 인테리어를 경제적으로 시도해보기에 안성맞춤이다.

2. 다락방의 특성상 환기가 원활하지 않을 수 있으므로, 합판에 스테인은 칠하지 않는 것을 권장한다. 만약 조색을 위해 칠하게 된다면, 야외에서 일주일 이상 충분히 건조한 뒤 부착 작업으로 넘어갈 것.

3. 다락방 벽의 소재(두드려 보면 알 수 있음)에 따른 합판 벽 시공법은 다음과 같다.

● 나무 벽일 경우, 못이나 피스(나사못)로 간단히 고정할 수 있다. 훗날 뜯어 갈 계획이 없다면 합판 안쪽에 목공 본드를 적당히 발라준 다음 벽에 고정하면 계절 변화에 따라 합판이 들뜨는 현상을 막을 수 있다.

● 시멘트 벽일 경우, 글루건과 목공 본드를 함께 써서 부착한다. 글루건은 테두리를 따라, 목공 본드는 중심부를 기준으로 넓게 합판 전체에 골고루 뿌려준다. 부착한 뒤에는 의자나 기타 가구를 활용해 꾹 눌러서 반나절 정도 고정해주는 것이 좋다. 그럴만한 물품이 없다면 등으로 기대어 최소 10분 이상 꾹 눌러준다.

● 시멘트 벽일 경우, 자투리 각목과 드릴을 이용해 좀 더 쉽고, 단단히 합판을 고정할 수 있는 방법도 있다. 먼저 벽면에 자투리 각목을 합판 테두리 라인에 맞게 드릴, 앵커, 나사를 이용해 단단히 부착한다. 그 뒤 판재를 덧씌우고, 먼저 부착해둔 각목 테두리 라인을 따라 못이나 피스(나사못)로 고정해주는 방법이다.

4. 아마도 다이소나 마트에서 구입했던 목재 무늬 수납장 같은 것이 있을 것이다. 적당한 두께(10T 내외)의 미송나무 합판을 주문한 뒤, 원하는 색을 칠하고, 경첩을 활용해 문으로 달아준다. 그러면 안에 온갖 비밀스러운 잡동사니를 넣어도 겉으로는 깔끔하고 특별해보이는 나만의 포인트

가구로 재탄생한다.

5. 르 코르뷔지에의 '까바농 드 바깡스' 디자인을 옮겨 오고 싶다면, 빨강과 초록을 포인트색으로, 가구 또는 일부 벽면에 사용해줄 것.

6. 아늑함을 완성하기 위해 바닥 데코타일의 무늬도 벽면과 동일한 자작나무로 통일한다. (시공법은 레시피 「자기만의 숲을 집 안에, 우드 데코타일 인테리어」 참조)

인류의 운명이 걸린
아포칼립스의 전기자전거

사람은 우주에서 태어났다. 봄의 빗방울 하나까지 다 우주에서 온 것이다. 밤하늘을 올려다볼 때 그리운 마음이 드는 것은 역시 그곳이 우리의 고향이어서가 아닐까. 내가 아이였을 때는 서울의 밤에도 종종 은하수가 흘렀다. 세계지도 위의 어느 한 점에 푸른 도나우강이 있는 것처럼, 우주 위의 어느 한 점에 은하수가 있어서 언젠가는 가볼 수 있는 곳처럼 여겨졌다. 이웃집에 살던 예쁜 여자아이와 어른이 되면 은하수에 함께 가서 물이 찬지 따뜻한지 발을 담가 보기로 약속도 했었다. 그러나 은하수가 점점 시야에서 사라지며 그 약속도 이웃집 여자아이의 이름도 사라지고 말았다.

20대 초에 다짐한 '지구생태계를 위한 나의 실천 과제 5계명'의 3항 자가용 보유 금지 조항을 꾸준히 지킨 것은 잃어버린 밤하늘의 은하수를 되찾기 위해서였다. 결코 돈이 없어서가 아니다. 그 점만은 여러분께 몇 번이고 강조해두고 싶다. 어느 맑은 가을밤에 예쁜 이웃집 여자아이를 다시 만난다면 수천억 개의 별빛 중 하나는 내가 켜둔 것이라고 말할 것이다. 그 단 한 번의 대사를 킵 해두기 위해 나는 거금을 들여 전기자전거를 구입했다.

'치사이클'이라는 제품으로, 은하철도 999 같은 옛 기관차 디자인에 한 눈에 반했다. 내가 지어준 이름은 커피다. 튜닝한 갈색 안장에서 착안했다. 커피를 타고, 출퇴근도 해보고, 걸어서는 갈 엄두가 나지 않았던 서울의 구석구석을 누볐다. 강서, 강동, 강남, 강북 어디든 한 번 정도는 커피의 바퀴 자국이 찍혔을 것이다. 커피의 페달을 밟으며 느긋하게 언덕길을 오르다 보면 이렇게 효율적인 이동수단을 발명해 놓고서도 여전히 자기 몸무게의 수십 배에 달하는 자동차를 끌고 다니는 인간의 문제에 대해 고민하게 된다. 200년의 습관과 복잡하게 뒤엉킨 산업의 이해관계를 모르는 바 아니다. 무엇보다 누구나 나처럼 은하수에 가보기로 약속된 인생을 사는 것은 아니니까. 서른 살쯤에는 벤츠를 타고, 평양을 거쳐서 중국 대륙을 가로지른 다음, 남아프리카 케이프타운의 희망봉까지 가보기로 약속된 사람도 분명히 있을 것이다. 그런 소중한 약속을 인류를 위해 포기하라고 강요할 수는 없는 노릇이다.

최근 넷플릭스 다큐「고대의 아포칼립스」를 통해, 대략

1만 2천 년 전에 건설된 튀르키예의 유적 '괴베클리 테페'에 새겨진 고대 인류의 메시지를 접했다. 한마디로 말하면 다음과 같다. 기후재앙에 대비하라. 그 메시지를 단말마의 비명처럼 남기고 미지의 거석 문명은 지구상에서 영영 소멸해 버렸다. 그로부터 수천 년 뒤에야 인류는 가까스로 신석기 문명의 싹을 다시 틔운다. 이 문명리셋 현상은 오컬트계 최대의 떡밥이자, 나의 '인생 수수께끼 탑10' 중 하나다. 인생이나 역사나 우주의 시공이나 다들 전인권의 노래처럼 돌고 돌고 돈다. 우리가 누리는 문명도 언젠가는 물거품처럼 사라질 것이다. 안타깝지만 바쁘디바쁜 현대사회에서 1만 2천 년 전의 경고까지 신경 쓰며 살 여유가 별로 없다.

20대 대선에서 쏟아진 공약 중에 '주4일제' 다음으로 제일 구미가 당겼던 건 '1가구 1태양광' 공약이었다. 집집마다 무상으로 태양광 발전시설을 설치해 주겠다는 것이다. 딱히 신경 쓸 일 없이, 지구도 구하고, 전기세도 아끼고, 발전 수당도 받을 수 있으니 일거삼득이다. 부디 누구든 이 공약을 재활용해주길 바란다.

세상의 패러다임이 바뀌는 속도는 너무 더디다. 오늘 당장 내 힘으로 바꿀 수 있는 것은 저녁 메뉴와 밤 산책 코스 정도다. 대체로 별 볼 일 없는 저녁 식사를 마치고, 이따금 은하철도 999를 닮은 내 전기자전거로 어둠을 헤치고 은하수를 건너서 이웃집 여자아이에게로 간다. 얼마

전 우리는 괴베클리 테페의 비원에 대해 잡담을 나누다 기후 재앙에 의한 인류 대멸종의 순간이 백 년 뒤일지, 천 년 뒤일지 내기를 했다. 나는 벤츠를 타고 희망봉에 가는 것을 포기한 채, 고가의 전기자전거를 구입한 사람이니까 천년에 걸어보기로 했다. 여자아이는 코웃음을 치며 백년 내로 세상이 끝날 거라 호언장담했다. 내가 내기에서 이기려면 여러분도 좀 도와주셔야 할 것 같다. 모쪼록 사정이 그렇게 되었으니 협조를 부탁드립니다.

마음챙김과 미니멀리즘 인테리어

나는 '선병禪病'에 걸린 적이 있다. 선병은 연예인병보다 해롭고, 호환마마보다 무섭다. 선병에 걸리면 내밀한 고충을 털어놓는 사람에게 다음과 같이 말하게 된다. "됐고, 아침에 세수는 했냐." 혹은, "니 배때기나 채워라." 이 무슨 폭언인가 싶지만, 선불교의 메커니즘 속에서는 지나간 일에 대한 집착을 내려놓고 오직 오늘 하루 수양에 힘쓰라거나, 생각을 비우고 몸을 먼저 건강케 하라는 메시지다. 선문답은 깨우침을 주기 위한 일종의 충격요법인 것이다. 문제는 세계 3대 생불로 추앙받던 숭산 대선사 같은 분이 그러면 요법이 되겠지만, 평범한 스물셋 대학생이 그러면 충격만 된다는 것이다.

나는 스물셋 즈음에 '도올, 인도를 만나다'라는 EBS 특강의 도올서원 재생으로 뽑혀서 한 학기 동안 불교철학 수업을 들었다. 선문답과 관련해 재밌는 일화가 많은 탓에 도올 선생님은 틈날 때마다 혜능과 달마 같은 고매한 선승들의 급발진 에피소드를 소개했다. 누구 앞에서도 주눅 들지 않고, 거침없이 말하며, 결국 깨달음을 이끌어내는 선승들의 경지가 몹시 쿨하게 느껴졌다. 나도 모르는 사이에 그 분위기에 젖어 가까운 사람들에게 선문답이랍시고, 말도 안 되는 폭언을 내지르고 다니게 되었다. 그야말로 '쟤가 드디어 미쳤나 모드'로 미쳤는지도 모른 채 여러 계절을 보냈다.

숱한 구업을 쌓고 한참이 지나서야 내가 달마 대사가 아님을 비로소 깨달았다. 저명한 불교 단체에서 정식으로 명상 수행법을 배우고, 위빠사나(마음 챙김 명상)를 꾸준히 실천하게 된 20대 중반 이후였다. 선무당이 사람 잡는다는 말이 괜히 있는 게 아니었다. 깨달음 이후 십수 년간 그저 참회의 자세로 늘 내 입과 손가락을 가장 경계하며 살고 있다.

나를 갱생시킨 '위빠사나'는 내면에서 발생하는 생각과 감정의 첫 발화점을 매 순간 자각하는 명상법이다. '화'를 예로 들자면 보통은 마음속에서 화가 횃불처럼 이글거릴 때가 되어서야 '내가 화가 났구나' 알게 된다. 횃불은 쉽게 꺼뜨릴 수가 없다. 모든 마음은 빌드업의 과정을 거치는데, 위빠사나는 '화'가 성냥불 정도일 때 '내가 화가 나겠구나' 알아차리는 것이다. 작은 불은 그저 가만히 바라보기만 해도 곧 홀연히 꺼져버린다. 언젠가 아이유 씨는 자작곡 「마음」에 대해 마음을 뜰채로 떠서 깨끗한 것만 내려보낸 곡이라고 소개한 바 있다. 위빠사나로 이르고자 하는 마음의 경지를 잘 표현한 말이어서 감탄했었다. 물론 나는 전혀 경지에 이르지 못해, 아직도 이것저것 불순물을 배출한다.

미니멀리즘 인테리어는 위빠사나를 닮았다. 미니멀리즘은 무소유나 짠내 나는 소비생활로 종종 오인되고 있는 듯하다. 분명한 사실은 채워보지 않으면 비우는 법도 배울 수 없다는 것이다. 그저 없는 것과 담백한 것은 큰 차이가 있다. 미니멀리즘 인테리어는 엄격한 선택과 예리한 미감으로 빚어내는 공간의 예술이다. 위빠사나가 내게 필요한 감정과 생각을 예민하게 선별하여 가장 맑은 것만을 남기듯이, 미니멀리즘은 필요한 자리에 가장 아름다운 것 하나만 남겨두는 것이다. 진열장 위에 피규어가 없는 것과 100개 있는 것과, 백 개 중의 단 하나를 놓아두는 것. 이중 진정한 미니멀리즘이라 할 수 있는 것은 마지막의 경우가 아닐까 생각한다. 내가 무엇을 좋아하고, 무엇을 아름답다 여기고, 또 무엇이 지금 내게 불필요한 것인지를 자각할 수 있는 사람이어야 자기만의 미니멀리즘 인테리어를 완성할 수 있다. 그래서 정갈한 어떤 공간에 들어서면, 그 공간을 조성한 사람의 경지에 대해 감탄하게 된다. 세상에 나보다 몇 배는 더 까탈스러운 사람이 있다니. 도저히 방심할 수 없는 세상이다.

찐 미니멀리즘 인테리어

재료

이제는 내려놓을 마음

레시피

1. 곤도 마리에 씨의 모토가 "설레지 않으면 버려라!"라면, 나의 모토는 "지금 나에게 최고의 것만 두어라"다.

2. 유행이나, 남을 의식해서 산 물건들을 일단 싹 정리하는 것만으로도 살림이 한결 가뿐해진다.

3. 초등학교 3학년 때 이웃집 여자아이에게 받은 클립 같은 걸 귀중히 보관하고 있을 정도로 물건버림공포증이 있는 나는 수납력을 극대화하는 것으로 정갈한 공간을 유지하고 있다. 벽의 색과 조화를 이루는 수납장을 활용하거나, 소파, 침대, 의자, 책장, 간이 테이블처럼 수납 기능을 겸할 수 있는 가구는 개조라도 해서 모두 수납용으로 병용 중이다. 덕분에 자질구레한 아이들은 모두 어둠 속에 봉인되어 있고, 화려한(?) 조명 아래에는 아름다운 것들만 반짝인다.

4. 감출 것과 드러낼 것을 심사숙고해 고르다 보면 저절로 심미안이 싹 트고, 의도치 않게 공간에 나름의 개성이 생겨

난다. 이런 작업을 수년간 반복하면 점점 감출 것은 많아지고, 드러낼 것은 적어진다. 심미안이 성장하며 일어나는 자연스러운 현상이다.

5. 나만의 찐 미니멀리즘 인테리어는 세월이 만들어 주는 것이다. 위 과정을 소소하게 반복하다 보면 어느 날 문득 누구와도 다른 정갈한 나의 집을 만날 수 있다.

한 걸음 더

● 요즘 유행하는 MBTI처럼 나를 '미니멀리스트' 혹은 '맥시멀리스트'로 규정할 필요는 없다. 사람도 공간도 시절을 따라 변하기 마련이다. 나는 미니멀리스트인데 집 안에 너무 물건이 많아지고 있다고 근심하거나, 반대로 나는 맥시멀리스트인데 집이 허전해 보인다고 풀 죽어 지낼 필요 없다. 결국 모든 순간이 그대로 나고, 나의 집이다. 모쪼록 지금 나에게 있어 주는 최고의 것을 충분히 만끽하길 바란다. 돌이켜 보면 나의 지난 모든 집이 아름다웠다. 오직 다시 돌아갈 수 없는 것만이 슬프다.

뉴진스와 동경대전을 위한
하이엔드 오디오

드디어 답을 찾았다. 나는 전세보증금을 털어서 300만 원대 하이엔드 오디오를 질러버린 궁극의 이유를 10년 전부터 꾸준히 탐구해왔다. 그렇다, 뉴진스 때문이었다. 뉴진스의 「어텐션」과 「디토」 등을 온전히 감상하기 위해 그 시절 나는 벼랑 끝 소비를 감행했던 것이다. 비로소 마음이 홀가분해졌다. 대출 상환 문자를 받을 때마다 반짝거리는 하이엔드 오디오를 내려다보며 만감이 교차했던 날들이 파노라마처럼 지나갔다. 이제 해방이다. 언젠가 친구와 만난 자리에서 "아이돌 음악을 감상하기 위해 비싼 오디오를 산 게 아냐!"라고 폭언했던 내가 한없이 부끄러울 따름이다.

최신 물리학 이론에 따르면 공간은 물질이다. 비어 있는 것처럼 보이지만, 모두 다 운동하는 입자로 구성되어 있다. 공간의 입자들이 공기 입자와 함께 진동하며 춤을 추면 음악이 된다. 바꿔 말하자면 음악은 보이지 않는 공간 입자의 형태를 변형시키는 것이다. 내 맘대로 이름을 붙이자면, '뮤직 인테리어'다. 뉴진스가 데뷔한 지난해 여름부터 우리집 거실은 뉴진스 인테리어 천하를 누리고 있다. 멜론 차트보다 훨씬 더 장기 집권 중이다.

그러다 보니 몹시 흥미로운 세기의 만남이 주선되기도 한다. 은사인 도올 선생님이 역주한 동학의 경전『동경대전』을 사두고 읽지 못하다가, 지난 겨울 뉴진스의 신곡이 공개된 즈음부터 비로소 탐독을 시작한 것이다. 1824년 생인 수운 최제우 선생과 2008년 전후 출생인 뉴진스 멤버들의 첫 만남은 당연히 어색했다. 한국인답게 먼저 호칭을 정리했다. 선생님, 조상님, 할바마마……. 여러 의견이 오간 끝에 최제우 선생의 호칭은 '최고죠님'으로 정리되었다. 고조할아버지와 최고지요! 양쪽의 중의성을 담은 것이다. 뉴진스 멤버들은 간단히 '토끼들'로 정했다.

최고죠님과 토끼들은 의외로 깊은 인연이 있었다. 최고죠님이 동학을 창시하게 된 결정적 계기가 바로 이른바 '을묘천서'와의 만남이다. 최고죠님은 을묘년에 자신을 찾아온 떠돌이 스님이 건네준 책(마테오 리치의『천주실의』로 추정)을 읽고, 비로소 하늘님의 뜻을 궁구하기 시작하는 것이다. 을묘년의 한자를 우리말로 풀면 '파란 토끼의 해'다. 그리고 뉴진스는 파란 토끼가 그려진 앨범으로 데뷔해, 계묘년에 가요계 정상에 안착했다. 소름! 최고죠님과 토끼들은 서로 손뼉을 마주치며 199년을 뛰어넘은 운명을 자축했다. 옆에서 바라보는 내 눈에도 눈물이 맺혔다.

계절이 네 번 바뀌는 동안 구름정원 거실에는 뉴진스와 동경대전과 1824년 브라질 제국의 첫 헌법 제정을 기념해 만들어진 커피잔이 상주했다. 깐따삐아별 왕자의 타임코스모스가 없어도 우리 모두 충분히 시간여행을 즐길 수 있다. 좋은 인테리어는 우리가 존재하는 시공을 바꾸고, 나아가 삶의 모양을 빚어낸다. 일찍이 최고죠님은 이렇게 말씀하셨다. 만물에는 하느님이 깃들어 있다. 불연기연不然其然. 가까운 하느님 속에 모든 이치가 있다. 오늘도 하이엔드 오디오* 속 하느님은 '디토'를 흥얼거리신다. Stay in the middle.

* '하이엔드(high-end)'란 최상의 고급품이라는 의미로 '명품'과 유사한 말이다. 오디오 업계에서 '하이엔드 오디오'는 적정 가격의 한계선을 넘어 사운드, 디자인, 편의성, 내구성 등 모든 측면에서 최고의 품질을 추구하는 제품군을 지칭한다. 수억 원대의 오디오도 여러 종이 존재한다. 그러나 더 비싸다고 해서 반드시 좋은 제품은 아니다. 자신과의 상성을 잘 고려해서 구입하자. CD 음반 수집가인 나는 여생을 함께할 CD 플레이어로 에이프릴 뮤직의 '오라노트 프리미어'를 선택했고, 아무런 후회가 없다.

봄날의 목곰을 좋아하십니까?

처음에는 내가 잘못 들었나 생각했다. 그러나 목도리 사나이는 분명 '목곰'이라고 발화했다. 꽤 신중한 성격인 나는 재차 삼차 '목곰이 맞습니까'라고 확인했다. 목도리 사나이는 근사한 미소를 지으며 그렇다고 했다. 혹시 목곰을 좋아한다면 언제 함께 보러 가지 않겠느냐는 제안도 덧붙였다. 그 자리에서 도대체 목곰이 뭐냐고 묻는 건, 큰 실례가 될 것 같아서 묻지 않은 채, 일단 제안을 수락했다.

그리하여 미세먼지 수치가 급감한 쾌청한 봄날에 목도리 사나이와 나는 길을 나섰다. 1101번 광역버스 좌석에 나란히 앉아 이런저런 얘기를 나누는 중에 목도리 사나이의 정체도 알 수 있었다. 쉽게 말해 그녀 혹은 그남은 영화「뷰티 인사이드」의 주인공 같은 존재였다. 자고 일어나면 얼굴과 성별이 바뀐다고 했다. 아주 긴 세월 정체성에 대해 고민한 끝에 자신을 목도리 사나이로 규정하기로 하

142

고, 이런 화창한 봄날에도 두툼한 겨울 목도리를 두르고 다닌다고 했다. 다른 건 몰라도 덥지 않느냐고 물었다. 익숙해지면 뭐든 견딜만한 게 인생 아니냐는 선문답 같은 답이 돌아왔다. 나는 혹시 이대로 국제도술인협회의 상임 총무 같은 것이 되면 어쩌지 하는 걱정이 들기 시작했다.

다행히 목도리 사나이는 비교적 정상적인 장소로 나를 안내했다. 한강의 장엄한 강줄기가 한눈에 내려다보이는 타워형 아파트의 77층 지점이었다. 목도리 사나이는 78층이나 76층의 뷰보다 77층의 뷰가 가장 탁월하다며 자랑했다. 하와이안 코나라는 이름의 원두커피를 나눠 마신 뒤, 비로소 목도리 사나이는 목곰에 대해 말하기 시작했다.

자신이 가구를 만들기 시작한 것은 아홉 살 무렵부터였다. 좀체 숫기가 없는 성격 탓에 친구를 사귀지 못하고, 숲속에 틀어박혀 나뭇가지를 모아 아방가르드한 의자나 테이블을 만들었는데, 점점 실력이 붙어서 제법 쓸만한 수납장도 만들고, 나중에는 비밀의 정원과 아지트도 만들게 되었다는 것이었다. 듣다 보니 이상했다. '목곰'이 아니라 '목공'이 아니냐고 내가 따져 묻자, 목도리 사나이는 그런 건 중요하지 않다고 되려 불편한 기색을 역력히 내비쳤다. 나는 차라리 사이비 종교집단의 상임 총무가 되는 편이 낫지 않았나 싶었지만 이미 늦었다는 생각이 들어 체념해 버렸다. 결국, 내 생애 최고의 불편한 분위기 속에서 목도리 사나이의 인생 넋두리를 자정까지 들어주게 되었다.

목도리 사나이는 버스가 끊겼을 테니, 택시를 타고 가라며 5만 원권을 내밀었다. 한두 번 해본 솜씨가 아니었다. 사양하지 않았다. 엘리베이터를 타고 77층에서 1층까지 내려오는 동안 만감이 교차했다. 낯선 거리로 나서자, 봄밤의 공기가 확 끼쳤다. 사람도 차도 보이지 않았다. 불 꺼진 건물들과 오로지 나뿐이었다. 77층에서 바라본 한강의 모습은 정말 대단했지. 그날부터 나는 그걸 '목곰'이라 부르기로 했다. 뒤죽박죽인 인생에도 목곰을 만나는 아름다운 날들은 반드시 있기 마련이다.

사실 영화 「뷰티 인사이드」를 보고 목공을 시작했다는 말을 하려던 거였는데 이렇게 되고 말았다. 참고로 그 영화의 주인공은 목도리 사나이가 아니라 목수다.

삐약이 목수가 되는 법, 인스타그램 단골 수납장 만들기

재료

재단 목재, 목재용 나사(델타피스), 선동 드릴과 드라이버, 사포, 스테인, 스펀지, 고무장갑

레시피

1. 인스타그램에서 깔끔하게 생긴 빈티지 원목 수납장을 보고 감탄한다. 상당한 가격을 보고 다시 한번 감탄한다.

2. 고물가 시대에 까짓것 한 번 만들어 보기로 결심한다.

3. 우선 DIY의 디폴트 도구인 전동 드릴과 드라이버를 구입한다. 반영구적 사용 기간과 안전성을 고려해 가성비를 노리는 것보다는 제대로 된 양품 구입을 권장한다.

4. 인스타그램에서 본 수납장의 가상 설계도를 상상해서 그려 본다. 커스텀 책장 만들기에 성공했다면 충분히 가능할 것. 가상의 설계도에 따라 온라인 목공소에서 목재와 필요한 만큼의 나사를 주문한다.

5. 목재가 도착하면 사포로 깨끗하게 다듬어준다. 표면을 만졌을 때 거슬리는 것 없이 부드러운 느낌이 든다면 OK.

6. 취향에 따라 목재에 스테인을 칠해준다. 빈티지한 느낌

을 주고 싶다면 월넛, 초콜릿, 마호가니, 커피색 스테인을 추천한다. 스테인 도색은 1~3회로 나눠서 한다.

7. 1회차 도색은 스케치를 한다는 기분으로 스펀지 표면에 살짝 스테인을 묻혀 얼룩이 없도록 목재 전체에 쓱쓱 칠해준다. 칠한 뒤, 볕이 들고 바람이 통하는 장소에서 20분 정도 태닝을 시켜준다. 스테인은 한 번 칠하면 목재 내부에 스며들어 돌이킬 수 없으니 주의하자. 도전적인 색상을 칠해보고 싶다면 먼저 자투리 목재에 테스트 해보자.

8. 1회차 도색한 목재의 표면 스테인이 말랐다면, 구현된 색상을 검토한다. 1회차 색상이 만족스러우면 거기서 도색 작업은 완료한다. 색을 좀 더 짙게 하고 싶다면 위의 작업을 한 번 더 반복한다. 2회차 작업도 만족스럽지 않다면 3회차 작업을 한다. 3회차 이상은 색 변화가 미미하다.

9. 스테인 도색이 완료된 목재를 전동 드라이버와 나사를 이용해 가상 설계도대로 조립한다. 그러면 완성!

10. 완제품의 5분의 1 가격으로 만든 나의 빈티지 수납장을 보며 흡족한 기분을 느낀다. 잠들기 전 문득 나의 총 작업 시간을 적정 시급으로 환산해본다. 조용히 고개를 끄덕이며 잠이 든다. 아무튼 나도 이제 '삐약이 목수'다.

한 걸음 더

● 수납장 윗면의 나사들이 신경 쓰인다면 윗면과 동일한 너비의 얇은 합판을 주문해 덮어주면 된다. 목재용 접착제

를 활용하거나, 작은 나사를 수납장 내부에서 덮개용 합판 쪽으로 박아주자. 수납장 윗면을 활용할 계획이라면 얇은 합판은 처음부터 함께 주문하자.

최저출생률 걱정보다 최저주거기준 걱정부터

　대한민국은 OECD 국가 중 최저출생률을 해마다 갱신하고 있다. 세계적으로 인용되었던 합계 출생률 0.8도 이제 옛말이고 작년에는 0.78을 기록하며 0.7%대로 진입했다고 한다. 한 쌍의 부부에게서 태어나는 아이가 0.7명이라는 뜻이다. 열 쌍의 부부 중 세 쌍 정도는 아이를 낳지도 않는다는 의미다. 지구의 입장에서는 골칫거리인 인간이 줄어드니 대한민국의 자발적 노력에 경의를 표하겠지만, 국가 운영의 측면에서는 큰 불안 요소다.

　나는 어느 쪽이냐면, 열렬한 지구의 편이다. 전 세계가 대한민국을 롤모델 삼아서 자발적으로 합계출생률을 1이하로 낮춘다면 지구는 정말 살만한 별이 되지 않을까. 대략 1,000년 뒤에는 선조 지구인들이 별의 미래를 위해 전쟁 없이도 평화적으로 인구를 반으로 감축한 혁명으로 역사에 기록될 것이다. 하지만 나와 같은 생각을 하는 사람

은 스누피의 빨간색 집 피규어를 수집하는 사람보다 적을
듯하다. 누군가는 이러다 나라가 망한다며 혀를 끌끌 차
고, 정치인들은 '저출생-긴급비상특별종합대책' 같은 것
을 내놓고 있다. 하지만 그런 네이밍의 정책들은 항상 그
렇듯 그다지 긴급하지도, 비상하지도, 특별하지도, 종합
적이지도 않은 대책이 대부분이다.

출생률은 어떤 문제의 최종 결과일 뿐이다. 그 문제란
바로 '삶의 질'이다. 인간을 포함한 모든 생명체는 삶의
질이 보장될 때 안심하고 후손을 생산한다. 삶의 질은 인
류 보편의 절댓값이 있는 것이 아니라, 집단별로 상대적
이다. '사람으로 태어났으면 이만큼은 살아야지'는 인권
의 문제고, 삶의 질이란 '대한민국에 태어났으면 이만큼
은 살아야지, 서울 사람이면 이만큼은 살아야지' 하는 문
제다. 정책 입안자들은 서로 다른 이 두 문제를 종종 혼동
한다. 급감하는 출생률에 브레이크를 걸 수 있는 방법은
대한민국 시민들이 원하는 최소한 수준의 삶의 질을 동등
하게 보장해주는 방법뿐이다. 점심 먹다 떠올린 비상대
책 아이디어 경연을 벌일 시간에 기본으로 돌아가서 시민
의 삶의 질을 높이는 정답부터 차근차근 써나가야 한다.
맨 뒤에 1점짜리 주관식 문제 하나 푸느라 답이 정해진 앞
쪽의 3점짜리 문제 33개를 안 풀고 있는 것과 다르지 않은
상황이다.

지금 2023년이지만 최저주거기준에서 보자면 대한민

국 시민은 현재 2011년에 살고 있다. 기준에 따르면 1인 가구 최소 주거면적은 14제곱미터로 4.2평 정도다. 그 공간에 침대와 싱크대와 책상과 욕실을 배치한다고 생각해 보면 사람이 실제로 움직일 수 있는 공간은 침대 위밖에 없다. 대한민국의 수많은 1인 가구가 실제로 그런 삶을 살고 있고, 약 230만 가구는 그보다 열악한 환경에서 살고 있다. 일본의 최소 주거면적은 25제곱미터(7.5평), 영국은 39제곱미터(11평)다. 일본의 현행 기준은 17년 전에 만들어졌다. 47년 전인 1976년에 만들어진 최소 주거면적 기준마저 우리보다 넓은 16제곱미터다. 삶의 가장 중요한 기반인 주거 문제부터 기본조차 되어 있지 않은데, 도대체 무슨 출생과 미래를 논하랴. 우연한 기회로 나는 주거복지 정책을 입안하는 일에 참여한 적이 있다. 1인당 최소 면적 기준을 일본 수준인 25제곱미터로 상향하고, 채광, 환기, 방음, 악취 등 주거의 질과 직결되는 환경기준을 명확히 하는 법안을 만들어 발의했다. 당연히 통과될 것 같은 법안이지만, 당연히 통과되지 않았다. '미래'에 대해 떠들기만 하는 우리 정치의 현실이다.

출생률보다 집이 먼저다. 대한민국은 선진국에 근접했다는데, 시민은 여전히 개발도상국 시절의 주거수준 속에 살고 있다. 선진국 시민답게 살고 싶다는 사람들의 욕구를 존중하고, 주거의 기본 수준부터 높여야 한다. 한 번 사는 인생, 누구나 폼 나게 살아보고 싶다. 아무리 각을 재도,

도무지 폼 나게는 못 살 것 같은 세상이라면 도대체 누가
애를 낳고 싶을까.

하트시그널을 위한 시민동반자법

인생 러브하우스를 꿈꾸던 구름정원은 인생 솔로하우스가 되고 말았다. 그래도 이전 집에는 절친들이 집들이 명목으로라도 한번씩 방문을 해주었는데, 구름정원은 거주 5년 차를 맞이하는 지금까지도 철저히 민간인출입통제구역 신세다. 가장 많이 방문한 외부인이 주인 할아버지일 정도다.

학창 시절에 유럽 영화를 많이 본 탓인지, 내게는 늘 파티피플의 로망이 있었다. 지인들을 집으로 초대해서 내가 만든 요리를 대접하고, 함께 음악을 듣고, 영화도 보고, 춤을 추고, 밤새 시시껄렁한 담소도 나누는 삶을 소망했다. 예를 들자면 청춘 연애예능인 「하트시그널」같은 삶 말이다. 그 소망이 잠시나마 구현되었던 시절도 있었다. 연남동에 살던 때다. 그때는 친구들에게도, 연인에게도, 나의 집이 청춘의 거점 같은 곳이었다. 그런 순간이 인생에 자주 오지 않는다는 것을 이제야 깨닫는다.

집을 아무리 아름답게 꾸며 놓아도, 혼자 만끽하는 데
는 한계가 있다. 사람이 드나들어야 추억이 깃들고, 공간
은 의미를 품게 된다. 스물한 살에 대학 기숙사를 나온 뒤
로는 한 번도 누군가와 함께 살아본 적이 없지만 나는 언
제나 공동생활을 꿈꿨다. 프랑스에는 '팍스'라는 제도가
있다. 한 집에서 함께 생활하는 이를 공식 파트너로 등록
하면, 혼인가정에 준하는 여러 복지혜택을 누릴 수 있는
제도다. 우리나라에 그런 제도가 있었다면 나는 아마도
진즉에 누군가와 동거생활을 해보지 않았을까 싶다.

고등학생 때는 캠퍼스 부부가 되는 망상을 품고 살았
다. 내가 20대 내내 번 돈으로도 결혼 비용을 충당할 수 없
다는 걸 몰랐을 때의 얘기다. 내 부모세대의 어른들은 다
섯 쌍씩 공동결혼식을 한 뒤, 경주나 경포대로 신혼여행
을 가고, 3평 단칸방 월세에서도 신혼생활을 시작할 수 있
었다. 그러나 우리 세대에서는 기준 자체가 지구에서 안
드로메다은하까지의 거리만큼 전 세대와 다르다. 결혼식
비용 자체만으로도 공포지만, 무엇보다 자가를 마련하지
않은 채 혼인한다는 건 어불성설이다. 수도권 아파트 기
준으로 매매가를 5억 밑으로는 가정조차 할 수 없는 상황
에서 현실적으로 대다수 청춘에게 결혼은 무리다. 거기에
기본으로 갖춰야 할 물질적 수준은 나이가 들수록 한 단계
씩 높아지기 마련이어서 결혼장벽은 나이에 비례해 더욱

높아진다. 대한민국이 비혼 청년들의 국가가 된 이유다.

프랑스는 일찍이 우리와 비슷한 현상을 겪었다. 청년층의 결혼 기피 현상이 심화하며, 출생률이 곤두박질치자 도입한 제도가 바로 '팍스'인 것이다. 결혼식 없이도, 양가 부모의 상견례 없이도, 실제 동거 주체인 당사자들끼리만 합의하면 공동생활을 영위할 수 있고, 아이가 태어날 경우 혼인가정과 동일한 지원을 받는다. 그래서 많은 프랑스의 청년들이 부담 없이 5년이든 10년이든 일단 팍스로 함께 살아보다가, 자연스레 아이를 출산하고, 생활이 충분히 안정되면 혼인을 결정하는 사례가 일반화되고 있다. 덕분에 프랑스는 유럽에서 출생률이 가장 높은 국가가 되었다.

20대 대선에서 심상정 후보는 '시민동반자법'이라는 이름으로 한국판 팍스 제도의 도입을 공약으로 내세웠다. 최근에는 원내 진보 정당들이 '생활동반자법'이라는 이름으로 법안을 공동 발의했는데, 부디 구름정원의 월세 계약이 끝나기 전에 법안이 통과되기를 간절히 바란다.

그리고 지나가던 가을 오리라도 좋으니, 우리 집에 좀 놀러와주세요.

[레시피]

손님 맞이 3인분 라운지 인테리어

재료

거실 및 빈 큰방 또는 2x2.5미터 정도 여분 공간, 1-2인용 소파, 소파 커버, 취향 러그, 소형 커피 테이블, CD 또는 LP 플레이어 같은 음향기기, 스탠드 조명

레시피

1. 전생에 선업을 쌓아 거실이 있는 집을 구했을 경우 거실을, 구옥 투룸에 거주 중이라면 옷방으로 쓰고 있을 꼬마방을 과감히 침실로 전환하고 큰방을 깨끗이 정리한다.

2. 원룸일 경우 침대 주변 공간을 최대한 정리해 2x2.5미터 너비 정도의 공간을 마련해본다. 여의치 않으면 1x2.5미터 정도로 세미 라운지도 가능하다. (2인용 소파를 둘 수 있는 최소 공간)

3. 소파를 둘 장소에 먼저 취향 러그를 깐다.

4. 거실이나 큰방이라면 2인용+1인용 소파, 또는 2인용+2인용 소파를 배치한다. 원룸이라면 2인용 소파+1인용 보조 의자(가능하면 접어서 보관할 수 있는)로 구성한다.

5. 소파는 마주 보는 형태, ㄱ자 형태로 배치한다. 반드시

벽에 붙일 필요는 없다.

6. 소파와 소파 사이에 귀여운 커피 테이블을 놓는다.

7. 자투리 공간에 스탠드 조명을 비치. 이때 음향기기를 놓을 수 있도록 선반이 함께 달린 스탠드를 쓰면 공간을 절약할 수 있다.

8. 친구를 초대해 음악을 틀고, 커피나 맥주, 와인을 마시며 적어도 10시간 이상 수다를 떤다.

9. 친구가 떠나면 홀로 빈 테이블을 바라보며 멜랑꼴리한 음악을 듣다 까무룩 잠이 든다.

한 걸음 더

커스텀 소파 만들기

● 소파는 경제적 여건과 취향에 따라 구매한다. 한 가지만 명심하자. 소파는 결국 언젠가 꺼지고, 까진다.

● 내 경우, 각각 10만 원대 제품과 20만 원대 제품(실은 10만 원대 제품인데 깜빡 속음)을 구매해 15년째 잘 사용하고 있다. 비결은 종종 소파 커버를 교체해서 새 소파를 산 듯한 자기최면을 거는 것.

● 좌석 부분이 꺼질 경우 보정할 수 있는 소파 방석이 다양하게 나오고 있어서 순정 소파에 보정 방석을 깔고, 새 소파 커버를 덮으면 감쪽같이 나만의 커스텀 소파가 된다.

● 소파 커버를 활용할 계획이라면 순정 소파는 최대한 기능성과 가성비에 주안점을 두고 구매하자.

별에서 하나의 커피하우스가 사라지는 일

긴 겨울이 지나고 영화「봄날은 간다」가 개봉하던 즈음 나는 짝사랑하던 그녀와 다시 한자리에 마주 앉았다. 어둑한 조명 아래서 스물한 살의 우리 둘은 조심스레 서로의 근황을 물었다. 그녀는 새로운 사랑을 시작했노라고 전했고, 나는 옅은 미소를 지으며 고개를 끄덕였다. 바흐의 피아노 소곡이 먼 빗방울 소리처럼 작게 들려오고 있었다. 창이 하나도 없어 시간을 가늠할 수 없는 지하의 커피하우스, 입구 쪽 프라이빗 좌석에 앉은 우리는, 아니 그녀와 나는 까만 밤을 닮은 커피를 조금씩 입에 머금었다. 사람들이 아직 원두커피를 '블랙커피'라고 부르던 시절이다.

"앞으로도 종종 연락하자."

내 인사를 끝으로 그녀는 풋풋한 사랑이 기다리는 곳으로 달려갔고, 나는 조용히 자리를 정리하고 일어나 커피하우스의 주방으로 향했다. 아르바이트 시작 시간은 1시간 정도 남아 있었지만, 어쩐지 나는 봄볕이 쏟아지고 있을 지상의 거리로 나가고 싶지 않았다. 그대로 개수대에 그녀와 나의 커피잔을 씻고, 서빙을 시작했다. 벌써 20년 전 어느 봄날의 이야기다.

그녀와 내가 마주 앉았던 자리는 이미 19년여 전에 사라졌다. 그 자리는 커피하우스 주인의 사무공간이 되어 훨씬 더 긴 세월을 보냈다. 어쩌면 그곳에 '우리가 될 뻔한 그녀와 나'의 자리가 아주 잠시 있었음을 기억하는 사람은 이 별에서 나 한 사람뿐일지도 모르겠다. 그래서 나는 더욱 오래 그 사실을 기억하려고 한다.

내가 처음 커피를 배우고, 여러 해 일했던, 그리고 긴 세월 사랑한 안암동 커피하우스 보헤미안*은 2021년 가을을 끝으로 문을 닫았다. 매일 아침 나는 강배전 된 원두를 핸드밀에 넣어 갈고, 물을 끓이고, 서버와 드리퍼를 준비하고, 뜨거워진 물을 드립용 주전자에 옮겨 붓고, 종이필터에 커피 가루를 담고, 심호흡

* 전설의 커피장인 '1서3박(서정달, 박원준, 박상홍, 박이추)' 중 한 사람인 박이추 선생의 핸드드립 커피전문점 브랜드. 1988년 서울 대학로에서 문을 연 후 1992년에 안암동 고려대학교 후문 앞으로 자리를 옮겼다. 이후 안암동점을 현 최영숙 점장에게 맡기고, 본점은 2004년에 강릉시 연곡으로 옮겨 지금까지 직접 운영하고 있다. 전국 각지에서 커피 성지 순례객들이 박이추 선생의 보헤미안에 찾아들며, 강릉은 점차 커피의 도시로 변모했다. 안암동점은 최초의 개점 장소에서 30년 가까이 운영되다가 2021년에 자리를 옮겨 '라플루마&보헤미안'으로 역사를 이어가고 있다. 나는 최영숙 점장께 커피를 배웠다.

을 하고, 마음을 담아 한 잔의 커피를 내린다. 그 순간마다 늘 커피하우스 보헤미안의 주방에 선다. 첫 물줄기가 커피 가루에 닿고, 향이 확 끼쳐올 때면 먼 옛날 그곳에 늘 흐르던 고전음악의 선율이 들리는 듯하고, 온통 커피색이던 목조 인테리어 공간이 떠오른다.

어떤 공간은 지도 위에서 사라져도 마음 안에서는 사라지지 않는다. 내게는 '안암동 커피하우스 보헤미안'이 그렇고, 아이패드의 만년 배경화면인 '좋은커피'가 그렇다. 나의 20대와 30대는 그곳에서 시작되었다. 누구나 지워지지 않는 공간, 눈을 감으면 문을 열고 걸어 들어갈 수 있는 장소가 있을 것이다. 그 안에 가만히 마음을 넣어두면 살며시 미소가 지어지는 곳 말이다. 쓰디쓴 인생도 그런 마음의 장소에선 라떼처럼 부드러워진다.

정성스러운 인테리어는 내가 지금 머무는 공간을 영원에 봉헌하려는 행위와 같다. 어떤 천문학자의 추론대로 언젠가 우주가 팽창을 멈추고 수축하기 시작해 원자보다 작은 하나의 점으로 사라진다고 해도, 내 마음에 숨겨둔 나의 옛집들은 사라지지 않으리라는 상상을 해본다. 사라지지 않고서 다음에 시작될 우주의 어느 한 별에 마치 처음인 것처럼 다시 펼쳐지리라. 혹시, 지금 우리의 삶과 사랑과 기쁨도 사라진 지난번 우주의 마음이 다시 펼쳐진 것일지도 모른다. 그렇게 생각하면 무언가를 깊이 마음에 새기는 일은 참 위대한 일이 아닌가. 잠시 숨을 고르고, 내가 머무는 지금의 시공을, 나의 집 구름정원을 지그시 바라본다.

[레시피]

나만의 커피하우스 인테리어

재료

커피 드립 세트(드립포트, 드리퍼, 서버, 어과지) or 커피 추출기구(에스프레소 머신, 더치 기구 등), 어여쁜 커피잔, 웨인스코팅용 몰딩, 합판, 수성페인트, 2-4인용 테이블, 수납 기능이 있는 2인용 벤치, 예비 의자

레시피

1. 내가 자주 방문하는 카페의 인테리어를 유심히 관찰한다. 사진도 다각도에서 찍어 둔다. 지금껏 익힌 나의 노하우로 구현 가능한지 가늠해본다. 노출 콘크리트의 인더스트리얼 인테리어나 디테일이 뛰어난 엔틱 인테리어가 아니라면 아마도 약식으로 느낌을 옮겨 오는 정도는 충분히 가능할 것이다.

2. 여기서는 모던빈티지 인테리어 컨셉으로 작은 커피하우스를 만들어 보자.

3. 먼저 테이블과 벤치를 둘 자리의 배경 벽을 초간단 모던, 빈티지, 엔틱 스타일 등으로 바꿔 보자.

● 모던: 벽면을 가상으로 4등분 해서, 바닥부터 4분의 1

지점까지 원하는 색으로 페인팅을 해준다. 영화「카모메 식당」의 공간처럼 채도가 낮은 색을 사용하면 아늑한 느낌을 얻을 수 있으니 참고하자.

● 빈티지: 앞에서 익힌 합판 시공법을 응용한다. 위 작업과 유사하게 바닥부터 4분의 1 지점 또는 2분의 1지점까지 합판을 벽에 부착한다. 스테인으로 색을 내고자 한다면 반드시 설치 전에 칠할 것.

● 엔틱: 온라인 목공소에서 '웨인스코팅'으로 검색해보면 전용 몰딩을 낱개로 판매한다. 시공할 벽의 너비에 알맞은 수량을 주문한다. 설치 방법은 아주 간단하다. 먼저 몰딩 뒷면에 목공본드를 듬뿍 발라준 다음, 그 위에 글루건을 쏴서 재빨리 벽에 붙여 주면 끝. 몰딩 시공을 끝낸 다음에는 그 위에 원하는 색을 벽면과 함께 칠해준다. 상세 시공법은 멀고느린구름의 브런치북 포스트「작지만 확실한 변화」참조.

4. 모던빈티지 인테리어의 묘미는 믹스매치에 의한 조화에 있다. 따라서, 벽면을 모던으로 했을 경우 테이블은 빈티지한 제품으로, 빈티지나 엔틱으로 했을 경우엔 모던 테이블을 배치해보자. 테이블은 동일한 테마로 가고, 의자나 기타 가구를 믹스매치로 하는 것도 한 방법이다.

5. 레시피「삐약이 목수가 되는 법, 인스타그램 단골 수납장 만들기」도전에 성공했다면, 2인용 벤치 정도는 거뜬히 만들 수 있으리라 믿는다. 여러분의 건투를 빈다.

6. 커피 추출 기구와 커피잔은 찬장 속에 숨겨 두지 말고, 잘 보이는 자리에 위풍당당하게 진열해두자. 마땅한 자리가 없다면, 찬장의 한 칸 정도만 문짝을 떼어내 내부가 보이도록 진열하는 방법도 있다. 주방 공간이 여유가 있다면 작은 빈티지 진열장을 구입하는 것도 추천. 진열장 하나로 훨씬 더 카페 같은 분위기를 자아낼 수 있다.

7. 모든 것이 제자리를 찾았다면, 이제 커피를 내려 테이블 앞에 앉아 보자. 근사한 음악을 들으며 커피를 한 모금 마신다. 낙원이 따로 있지 않다.

우리가 무엇이 되어 다시 만나랴

나는 좋은 사람이 아니었다. 10대 시절의 나는 내가 좋은 사람이라는 믿음 하나로 삶이 부여하는 온갖 역경을 버텼다. 넌 가난하지만 좋은 사람이야. 넌 불행한 가정에서 자랐지만 좋은 사람이야. 넌 왕따를 당하고 있지만 좋은 사람이야. 넌 성적이 대단히 좋진 않지만 좋은 사람이야. 오로지 다정한 어른들과 친구들의 격려와 칭찬 덕분에 나는 무너지지 않을 수 있었다. 그리하여 20대 초중반의 나는 철저히 '좋은 사람인 나'를 연기하며 살게 되었다. 나 자신마저도 내 연기에 깜빡 속아 넘어갈 정도였다.

내 안에 있는지조차 인지 못 했던 폭력성과 냉담, 우유부단, 자격지심, 독단 등 부정적 감정은 하필이면 내가 가장 사랑했던 사람들 앞에서만 표출되었다. 이제 와 생각하면 그 시절의 나는 좋은 사람은커녕 누군가를 사랑할 기본조차 못 갖춘 인간이었다. 그저 흉내 내는 게 아니라, 정말로 좋은 사람이 되려면 어떻게 해야 하는 걸까 그 질문의 답을 쫓으며 십수 년을 흘려보냈다.

인테리어는 공간을 '꾸미는' 일이다. 누구나 처음엔 멋져 보이는 타인의 공간을 그대로 모방한다. 나 역시 처음에는 「카모메 식당」의 공간을 그대로 흉내 내거나, 인테리어 잡지 속의 한 컷을 고스란히 옮겨놓곤 했다. 그러나 정작 그렇게 꾸민 공간에서 웃고, 울고, 화내고, 좌절하다 보면 문득문득 부자연스러움을 느낀다. 그러면 부정적인 감정도 털어버릴 겸 야금야금 가구 배치, 문짝의 손잡이, 벽의 포인트 색을 바꾸며 구슬땀을 흘린다. 그렇게 나만의 공간에 세월이 시나브로 쌓이면 비로소 자연스러운 '진짜 나의 집'이 만들어진다. 하지만 고정불변은 아니었다. 세월을 보내다 보면 내가 겪은 세상의 풍파만큼 '진짜 나의 집'도 조금씩 달라졌다.

20대의 나는 서둘러 완성된 인격을 갖추길 원했다. 뭐든지 완성된 최상의 상태에서 그것을 지속해 나가기를 갈망했다. 언제나 한결같이 모두에게 좋은 사람이 될 수 있기를 희구했다. 돌아보면 참 헛된 꿈이었다. 사람은 완성되는 존재가 아니다. 공자의 논어 구절 중에 가장 좋아하는 말이 있다. "일신日新, 일일신日日新, 우일신又日新! 날마다 새로워지게, 날마다 날마다 새로워지게, 그리고 또 날마다 새로워지게나!" 내 몸을 구성하는 입자들이 시시때때로 새로워지는 것처럼, 내 생각과 삶의 자세도 시대에 맞춰 새로워져야 한다. 그러자면 늘 타인의 말을 경청하고, 세상의 움직임에 주의를 기울이며, 잘못을 인정하는 용기를 갖추어, 나를 바꾸는 데 주저함이 없어야 할 것이다.

우리는 영원히 '완성된 나'를 만날 수 없다. 집도 그렇다. 사실, '진짜 나의 집'이란 건 존재하지 않았다. 크고 작게 변화해 간 '시절의 집'이 있을 뿐이다. 따지고 보면 모든 것은 잠시 모였다 흩어지는 시절의 존재다. 그러므로 우리는 더욱 지금에 충실해야한다.

최근 김환기 화백의 점묘화「우리가 무엇이 되어 다시 만나랴」의 넘버링 실크프린팅 제품을 구매했다. 사고 싶다고 생각한 지 20여 년이 지나서야 비로소 경제적 여건을 마련한 것이다. 거실에 걸린 커다란 그림을 볼 때면 내 삶이 헛되지 않았다는 조그만 위로를 받는다. 동시에 조바심을 내려놓고 지금 할 수 있는 것을 하나씩 해나가자고 마음을 다잡는다. 님이 그리울 때마다 푸른색 한 점씩 찍었더니, 어느덧 우주가 되었다는 화백의 그림처럼.

사랑했거나, 미워했거나, 우리가 무엇이 되어 다시 만날지… 알 수 없다. 다만, 다음이 있다면… 그때 우리는 더 아름답기를, 그때의 나는 그 시절에 조금 더 좋은 사람일 수 있기를 앙망한다.

마치 나의 꿈은 꿈이 아닌 것처럼

「꿈」이라는 제목을 가진 두 곡을 사랑한다. 음악가 김윤아의 「꿈」에는 다음과 같은 가사가 있다. "간절하게 원한다면 모두 이뤄질 거라 말하지 마. 마치 나의 꿈은 꿈이 아닌 것처럼." 가왕 조용필의 「꿈」은 "화려한 도시를 그리며 찾아왔네… 머나먼 길을 찾아 여기에 꿈을 찾아 여기에"라고 노래한다. 도시는 사람들의 꿈을 먹고 자란다. 나 또한 꿈을 이루고자 더 번화한 도시로 혈혈단신 이주해 왔다. 어느 틈에 20여 년이 지났지만 꿈은 여전히 멀고, 나는 한 사람분의 삶을 가까스로 살아내고 있다.

나의 꿈은 두 가지였다. 하나는 공자와 같은 '훌륭한 인격체'가 되는 것 또 하나는 '훌륭한 소설가'가 되는 것이다. 아직 이루진 못했다. 어느 정도의 재산이라도 축적했다면 좋았으련만 그쪽도 별 볼일이 없다. 아무래도 이번 생은 망한 것만 같아서 어깨가 축 처지곤 한다. 그럴 때마다 다시 나를 일으켜 준 것은 나의 집이다. 내가 지금 가진 모든 것을 담아낸 나만의 공간을 가만히 둘러보고 있으면 내 인생이 결코 내리막길은 아니었다는 확신이 든다. 문자 그대로 무일푼 3평 자취방에서 시작한 서울살이였다. 거실과 침실, 다락방과 별채, 마당이 있는 23평 집으로 종종 무너지면서도 다시 일어나 한 걸음 한 걸음 옮겨 왔다. 누구의 평가도 상관없다. 맨주먹으로 만든 단단한 자부심이 내게는 있다.

오랜 세월 '꿈'이라는 말에 사로잡혀 살았다. 내게 자신의 꿈을 의탁하고 간 여러 사람이 있었다. 그에 보답하고 싶은 부채감과 함께, 내가 과연 꿈을 이루고 명성을 얻을 자격이 있는 사람인가 하는 의구심이 늘 공존했다. 그래서 꿈은 더 이상 어린 날의 빛이 아니라, 내 삶에 짙게 드리운 그늘이기도 했다. 해변의 현실과 수평선의 꿈, 그 사이의 바다에서 늘 어중간하게 허우적거리며 살았다. 그러던 어느 날 깨달았다. 시간이 사실 존재하지 않는다면, 꿈 또한 미래의 특정한 어느 시점에 놓여 있는 게 아니라는 것을. 꿈은 이루는 게 아니라, 다만 매일 실천하는 것이다. 그렇게 생각을 바꿨다.

인격은 완성될 수 없다. 매 순간 지성과 감성을 가다듬어 최선의 선택을 하고자 애써나가는 것이다. 훌륭한 소설가란, 트로피를 획득한 소설가가 아니라 중단 없이 매일 최선의 작품을 써나가는 사람이다. 앳된 신병들 앞에서 '시크릿'을 강의할 때 나는 늘 강조해 말하곤 했다. 간절히 바라는 게 중요한 것이 아니다. 이미 자신의 소원이 이뤄진 것처럼 하루하루를 살아내는 것이 핵심이다. 그 핵심을 놓치고 있던 것은 정작 강사였던 나 자신이었다. 돌이켜보면 나는 인테리어에 관한한 꿈을 멀리 두지 않았다. 바라는 형태가 있으면 곧바로 실행에 옮겼다. 꿈꾸던 것과 동일하게 살았다. 어긋난 퍼즐이 맞춰지는 기분이다.

얼마 전 한 연애상담 예능에서 아이돌이 되려고 10년 연습생 생활을 견뎠으나 결국 꿈을 이루지 못한 사람의 이야기를 보았다. 그 사람의 하루하루도 최선이었을 것이다. 삶의 인과관계는 A의 노력 다음에 A의 결과가 오는 식으로 순차적이지 않다. A 다음에 D의 결과가 오기도 한다. 이것은 내가 A라는 노력을 기울이기 이전에 했던 D라는 행위의 결과다. D의 실마리를 푼 한참 뒤에야 A의 노력에 대한 결과가 내 삶에 나타날 수 있다. 그러니 무너지지 않는다면, 노력한 사람의 10년은 결코 헛되지 않고, 언젠가 멋진 보상을 받으리라 믿는다. 그 보상은 물론 '아이돌 데뷔'가 아닐 수 있다. 그보다 더 반짝이는 삶의 새 빛을 만나게 될 수도 있지 않을까. 삶의 자세는 늘 성실하되, 그 결과에 대해서는 겸허하게 열려 있어야 한다.

이뤄지지 않은 꿈일지라도, 간절히 꿈꾸던 날들은 내 눈동자와 심장에 아로새겨져 있다. 그날들이 오늘의 나를 만들어 주었을 것이다. 진공청소기를 끌고 오늘의 내 집을 돌아다니듯, 오늘의 내가 어떤 사람인지 내가 나를 어떻게 조각해가고 있는지 살피며 살아가는 것이 한 사람 몫의 최선이 아닐까. 실패보다 나태함을 경계한다. 지금 어떤 집에서 어떤 삶을 살든지 오늘 하루를 스스로 떳떳하게 살아낸다면 그 보답은 우주를 돌아 우연한 어느날 반드시 도착하리라 믿는다.

오늘도 나는 이 외롭고 넓은 도시에서 내 작은 집과 함께 1인분의 삶을 힘껏 살아내고 있다. 어제는 별로였지만, 오늘만큼은 다시 눈부시게 살아보려 한다.

1인분 인테리어 레시피와 함께 보면 좋은 참고자료

☞ 누구나 할 수 있는 초간단 페인팅 비법

구보타 유키, 도미타 치에코, 『셀프 페인트 인테리어』 (김지나 옮김, 북웨이, 2013)

레테, 『레테야 레테야 헌집 줄게 새집 다오』 (중앙북스, 2010)

Editions de Paris, 『파리의 인테리어 스타일』 (시드페이퍼, 2010)

다키우라 데쓰, 『파리의 작은 집 인테리어』 (맹보용 옮김, 앨리스, 2013)

☞ 나도 파리지앵 1일차, 모던빈티지인테리어

신경옥, 『신경옥이 사는 법』 (포북, 2014)

신경옥, 『작은 집이 좋아』 (포북, 2010)

신경옥, 『신경옥 스타일 Interior Best』 (서울문화사, 2005)

Listmania, 『파리의 모던 빈티지 인테리어』 (스타일북스, 2012)

Editions de Paris, 『파리의 인테리어 스타일』 (시드페이퍼, 2010)

Editions de Paris, 『파리의 사랑스러운 인테리어』 (시드페이퍼, 2009)

Editions de Paris, 『파리에서 발견한 단독주택 인테리어』 (시드페이퍼, 2010)

김희원, 『파리의 사생활』 (그리고책, 2015)

블루 스튜디오, 『내 집, 내 취향대로』 (전선영 옮김, 디자인하우스, 2015)

X-Knowledge, 『빈티지 홈』 (이소영 옮김, 윌스타일, 2015)

영국 인테리어 사이트 www.idealhome.co.uk

☞ 그림이 있는 그림 같은 집

Editions de Paris, 『파리의 인테리어 스타일』 (시드페이퍼, 2010)

니코 웍스, 아가타 게이코, 『런던의 잇 스타일 인테리어』 (나지윤 옮김, 나무수,

2010)

양태오, 『사계절 데코 라이프』(중앙M&B, 2012)

이케가미 히데히로, 『예술가가 사랑한 집』(류순미 옮김, 페이퍼스토리, 2018)

☞ 캄캄한 밤들을 밝히는 조명 인테리어

오렌지페이지 편집부, 『처음 만나는 북유럽 인테리어』(정연희 옮김, 아우름, 2011)

구보타 유키, 『베를린의 심플 모던 인테리어』(스타일북스, 2012)

추천 온라인 조명샵:

공간조명 9s.co.kr

캐빈램프 cabinlamp.co.kr

노르딕네스트 nordicnest.kr 등

☞ 색깔의 마음

캐런 할러, 『컬러의 힘』(안진이 옮김, 윌북, 2019)

☞ 자기만의 숲을 집 안에, 우드 데코타일 인테리어

멀고느린구름, 「바닥을 바꿔야 세계가 바뀐다」, 「자기만의 숲을 집 안에」(브런치스토리 brunch.co.kr/@fscloud)

☞ 나눌수록 커지는 마법의 공간 구성 인테리어

신경옥, 『작은 집이 좋아』(포북, 2010)

주부의 친구 편집부, 『작아도 기분 좋은 일본의 땅콩집』(박은지 옮김, 마티, 2011)

가토 코코, 『우리는 좁아도 홀가분하게 산다』(은영미 옮김, 나라원, 2017)

X-Knowledge, 『작지 않은 작은 집』(전선영 옮김, 디자인하우스, 2016)

「NEVER TOO SMALL」유튜브 채널

☞ 천 년 가는 천 권 커스텀 책장 만들기

데이미언 톰슨, 『책과 집』(정주연 옮김, 오브제, 2011)

멀고느린구름, 「애서가의 인테리어」(브런치스토리 brunch.co.kr/@fscloud)

현광사 MOOK, 『도쿄의 서점』(노경아 옮김, 나무수, 2013)

최혜진, 김설경, 권아람, 『동경책방기』(글자와기록사이, 2017)

김태경, 『좀 더 가까이』(동아일보사, 2010)

라이너 모리츠, 『유럽의 명문서점』(박병화, 프로네시스, 2015)

☞ 마이 시크릿 다락방 인테리어

르 코르뷔지에, 『작은 집』(이관석 옮김, 열화당, 2012)

프란세스크 자모라 몰라, 『작은 집 인테리어 BEST 150』(허수빈 옮김, 도도, 2016)

빔스, 『당신의 집을 편집해드립니다: Beams at Home』(김영희 옮김, 위즈덤스타일, 2016)

크리스 캐슨 마덴, 『그 여자의 방』(유리엘 옮김, 홍성사, 2011)

엘르 코리아 기사, 「르 코르뷔지에가 살던 파리의 아파트」(https://www.elle.co.kr/article/13162)

☞ 찐 미니멀리즘 인테리어

오렌지페이지 편집부, 『처음 만나는 북유럽 인테리어』(정연희 옮김, 아우름, 2011)

구보타 유키, 『베를린의 심플 모던 인테리어』(스타일북스, 2012)

X-Knowledge, 『작지 않은 작은 집』(전선영 옮김, 디자인하우스, 2016)

네이선 윌리엄스, 『킨포크 홈』(최다인 옮김, 디자인이음, 2015)

「NEVER TOO SMALL」 유튜브 채널

안도 다다오, 『나, 건축가 안도 다다오』(이규원 옮김, 안그라픽스, 2009)

☞ 삐약이 목수가 되는 법, 인스타그램 단골 수납장 만들기

레테, 『레테야 레테야 헌집 줄게 새집 다오』(중앙북스, 2010)

☞ 손님 맞이 3인분 라운지 인테리어

악투스, 『123명의 집』(나무수, 2014)

Editions de Paris, 『베를린 인테리어』(시드페이퍼, 2011)

Editions de Paris, 『북유럽 스톡홀롬의 핸드메이드 인테리어』(시드페이퍼, 2010)

Editions de Paris, 『파리의 인테리어 스타일』(시드페이퍼, 2010)

Editions de Paris, 『파리의 사랑스러운 인테리어』(시드페이퍼, 2009)

Editions de Paris, 『파리에서 발견한 단독주택 인테리어』(시드페이퍼, 2010)

「TOKOSIE(토코시에とこしえ)」, 「一条Yit(일조 YI TIAO)」 유튜브 채널

☞ 나만의 커피하우스 인테리어

up-on factory, 『파리지앵의 스타일 키친』(나지윤 옮김, 나무수, 2010)

가도쿠라 타니아, 『타니아의 독일 키친 여행, 집과 부엌』(조우리 옮김, 홍시, 2012)

멀고느린구름, 「작지만 확실한 변화」, 「나만의 커피하우스」 (브런치스토리 brunch.co.kr/@fscloud)

1인 도시생활자의 1인분 인테리어

초판 1쇄 발행 2023년 11월 6일
지은이 장명진
펴낸이 차승현
편집 고예빈 차승현
디자인 이민영
인쇄 상지사

펴낸곳 프랙티컬프레스 practical press
등록번호 제2019-000053호
주소 서울 용산구 신흥로22가길 8, 1층 (04337)
전화번호 070-4007-6690
이메일 hi.practicalpress@gmail.com
인스타그램 instagram.com/practical.press

ISBN 979-11-967707-8-5 (03810)

프랙티컬프레스는 독자 여러분의 소중한 원고를 기다립니다.
투고를 원하시는 분은 이메일로 간단한 개요 또는 원고의 일부를 보내주세요.